夢かさね

着物始末暦㊂

中島 要

時代小説文庫

角川春樹事務所

目次

着物始末暦 舞台地図

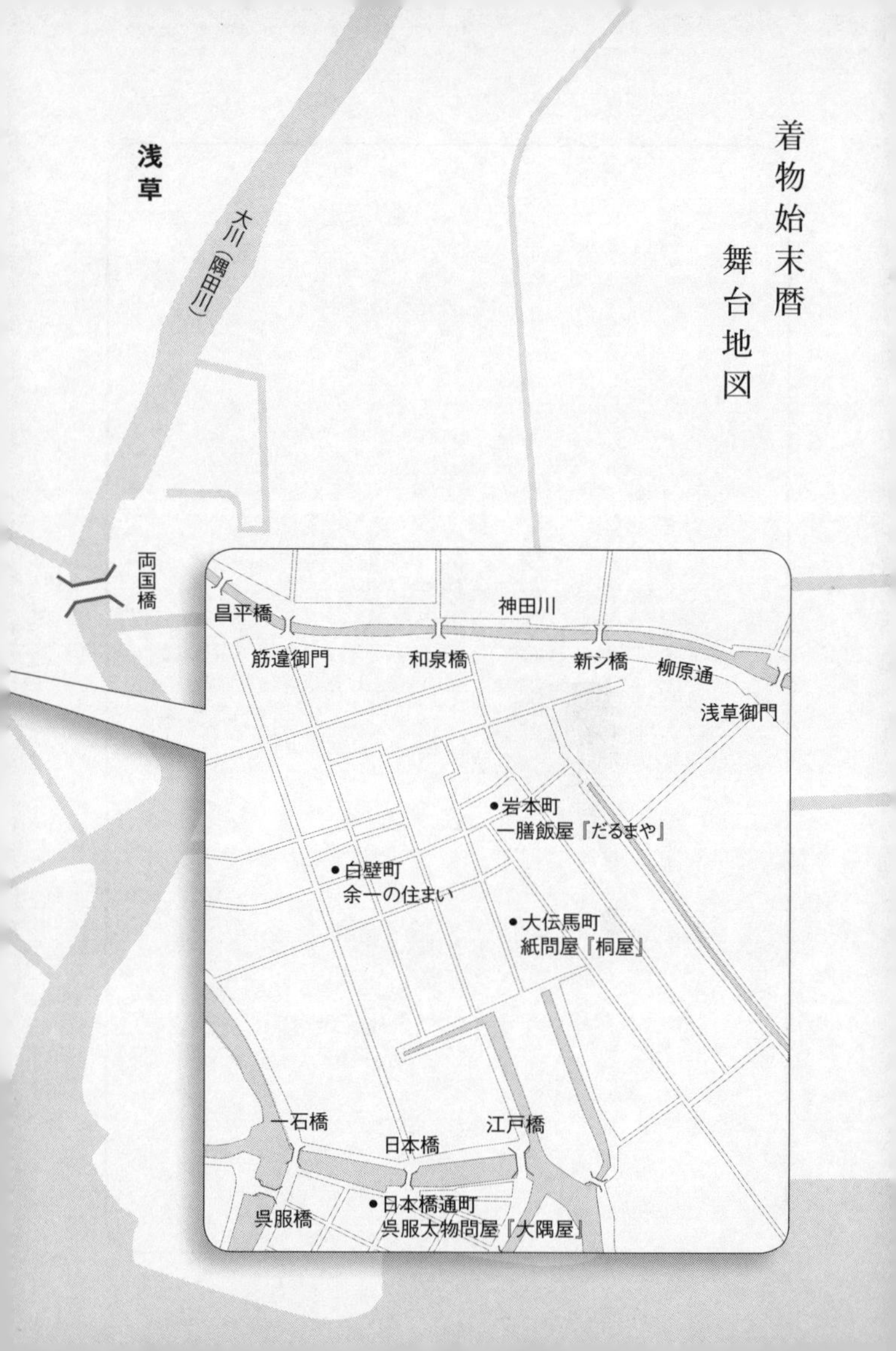

浅草
大川（隅田川）
両国橋
昌平橋
神田川
筋違御門
和泉橋
新シ橋
柳原通
浅草御門
●岩本町
一膳飯屋『だるまや』
●白壁町
余一の住まい
●大伝馬町
紙問屋『桐屋』
一石橋
江戸橋
日本橋
●日本橋通町
呉服太物問屋『大隅屋』
呉服橋

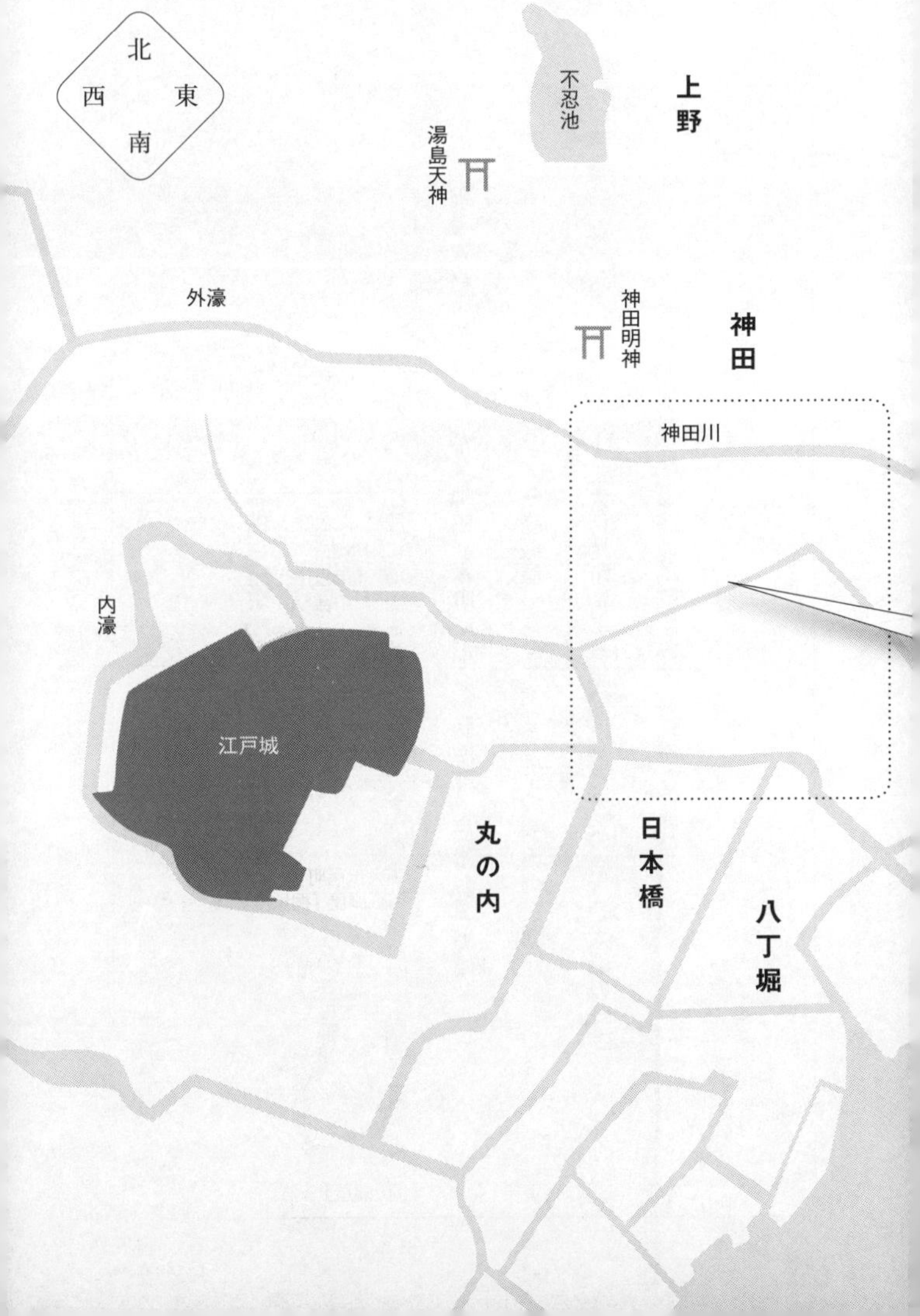
北
西
東
南
不忍池
上野
湯島天神
外濠
神田明神
神田
神田川
内濠
江戸城
丸の内
日本橋
八丁堀

主要登場人物一覧

余一《よいち》　神田白壁町できものの始末屋を営む。

綾太郎《あやたろう》　日本橋通町にある呉服太物問屋『大隅屋』の若旦那。

六助《ろくすけ》　柳原にある古着屋の店主。余一の古馴染みで、お調子者。

お糸《いと》　神田岩本町にある一膳飯屋『だるまや』の娘。

清八《せいはち》　一膳飯屋『だるまや』の主人。お糸の父親。

お玉《たま》　大伝馬町にある紙問屋『桐屋《きりや》』の娘。綾太郎の許嫁。

おみつ　お糸の幼馴染みで、『桐屋』の奉公人。

夢かさね

着物始末暦（三）

菊とうさぎ

一

「暑いなぁ」

「暑いよなぁ」

「暇だなぁ」

「暇だよなぁ」

柳原《やなぎわら》の床見世《とこみせ》で六助《ろくすけ》が呟《つぶや》けば、隣の見世の長吉《ちょうきち》もこだまのように言い返した。

九月になると世間の人は単衣《ひとえ》を脱いで袷《あわせ》を着る。そして九月九日からは綿入れを着ることになっているのに、この暑さはどういうことか。六助はしかめっ面をして単衣の胸元をくつろがせた。

「九月五日になったってぇのに、ちっとも涼しくならねぇじゃねぇか。お天道様《てんとさま》の気まぐれで勝手に暦を変えられちゃ、周りが大いに迷惑すらぁ」

見上げる空は青く澄み、入道雲が幅を利かせた真夏の空とは確かに違う。にもかかわらず暑さは引かず、秋の深まりを感じられない。無駄と知りつつ文句を言えば、長吉に鼻を鳴らされた。

「よりによって六さんに『勝手をするな』と言われるなんて、お天道様も立つ瀬がねえな」

「へっ、若造が知った風な口を利くんじゃねぇや」

六助は口をへの字に曲げて神田川に目をやった。

頭上の青さには及ばぬものの、青い水が緩やかに大川へと流れていく。いつもなら川面《かわも》を渡る風が肌寒くなる頃合いだが、季節外れの陽気に船頭たちは上機嫌だ。棹《さお》を操る手つきだっていつもよりも威勢がいい。風で揺れる柳の葉も未《いま》だ落ちる気配を見せず、黙って暦に従ったのは姿を消した蟬《せみ》ばかりか。

そういえば、今年は野分《のわき》も少ない。この時期の激しい風雨は百姓にとって災いだろうが、この日和《ひより》が続いたらこっちがしおれてしまいそうだ。

昔より晴れが好きとはいえ、ものにはよろず限度がある。六助が地べたを蹴《け》ったとき、隣から暗い声がした。

「出がけに女房に言われたんだ。ここまで貧乏するとわかっていたら、あんたとは一いい年をして独り身のこっちと違い、長吉には女房と幼い二人の子供がいる。懐具合の厳しさは容易に見当がつくものの、それを言ったらおしまいだろう。憐《あわ》れむような目を向ければ、長吉の肩がさらに落ちた。

「だから、うちの子は大工にすると息巻いていやがる」

「そりゃまたどうして」

「近所の大工の女房にきものを見せびらかされたんだと」

それは縹《はなだ》地に松鷹《まつたか》模様の今出絣《いまずがすり》で、いかにも新品らしく糊《のり》が利いていたという。その上、長吉の女房に笑顔でこう言ったとか。

――あんたのご亭主の見世にも新しいものがあれば、よそで買ったりしないんだけど。力になれなくてごめんなさいね。

「そいつはたいした嫌味だな」

女の意地の張り合いは笑顔でなされるものらしい。六助は寒くもないのに肩を抱き、長吉はくやしそうに吐き捨てた。

「俺だって好きで土手の古着屋になった訳じゃねぇ。できるものなら、立派な店の跡継ぎとしてこの世に生まれたかったさ。さもなきゃ女房の言う通り、大工か左官になりたかった」

腕のいい職人、特に大工は他人に頭を下げなくていい。仕事も金もたんまり入り、棟梁《とうりょう》、棟梁と持ち上げてもらえる。だからこそ評判のいい大工には弟子入り希望が殺到し、伝手《つて》か見込みがない限り面倒を見てもらえない。

長吉は右手を固く握り、自分の太腿《ふともも》を数回叩《たた》く。

「うちの倅《せがれ》にはこんな思いをさせたくねぇ。いつか土手を抜け出して、立派な店を持ってみせる。そうすりゃ、他人に使われてぺこぺこしていることたぁねぇ。そう思って稼いでいるのに、勝手なことを言いやがって」

延々と続く相手の愚痴に、最初《はな》は同情した六助もだんだん嫌気が差してきた。

長吉の父親は担ぎ商いの古着屋だった。古着の下がった竹馬を担いで往来を行き来するよりは、筵《むしろ》敷きの床見世だってはるかに恵まれている。その床見世にしても親父の伝手があったからできたものだ。

世間には親に売られたり、幼いうちに死に別れて路頭に迷う子供もいる。夫婦揃《そろ》ってどこまで甘えているんだか。腹の中で呟いたとき、大工道具を肩に担いだ男たちがやって来た。

「ほら見ねぇ。まだ陽《ひ》も高いってぇのに、もう仕事が終わったようだ。手間賃の高い奴らは呑気《のんき》なもんだぜ」

「仕事帰りの大工なら、袢纏《はんてん》があんなにきれいなもんか。暇を持て余した奴らに決まってらぁ」

すかさずひがむ長吉に六助は呆《あき》れて言い返す。

秋から冬にかけては火事が増える時期なのだが、このところの日和のせいか、世間の用心がいいせいか、近頃は半鐘の音を聞かない。だるまやに来る連中も「普請が少ねぇ」とこぼしていた。

「でぇいち、腕のいい奴らがあんなふうに歩くもんか。いい若ぇもんが年寄りみてぇにべったりべったり歩きやがって。身の軽い大工は普段からつま先で歩くもんさ」

調子に乗った六助は大工崩れの盗人《ぬすっと》の受け売りを口にする。すぐそばにいる古着屋が陰口を叩いているとも知らず、むこうは噂話《うわさ》に花を咲かせていた。

「久しぶりに米沢町で大きな普請があるらしいな」

「ああ、京の呉服問屋が江戸店《えどだな》を出すんだと」

「上方者《ぜえろく》の仕事かよ。だったら、俺は願い下げだぜ」

「俺もだ。奴らは金に汚ぇし、細かい注文ばかりつけやがる。引き受ける奴らの気が知れねぇや」

見た目で判断した通り、この二人は腕より口が立つらしい。そのまま聞き耳を立てていると、「そういえば」と話を変えた。

「今朝、大川で若い女の土左衛門《どざえもん》があがったってな」

「俺も聞いた。何でも身籠《みごも》っていたらしいぜ」

「残された亭主は気の毒なこった」

「いや、赤ん坊を残して死なれるよりは、はるかにましってもんだろう。そんな羽目になった日にゃ、乳飲み子《ちのご》と一緒に泣くことになる」

「なるほど、もっともだ」

悲惨な話を茶化しながら男たちは通り過ぎる。

赤の他人の生き死には、今日の酒の肴《さかな》よりもどうでもいいことなのだ。二人が歩くたびにカタカタ鳴る道具箱の音がすっかり聞こえなくなってから、長吉は鼻の頭をこすった。

「今の大工は独りもんだな」

さっきまでとは打って変わって見下すように腕を組む。六助は眉《まゆ》を撥《は》ね上げて、

「どうしてそう思う」と聞いた。

「大川の土左衛門を事故だと思っていやがるからよ」

「違うってのか」

「腹の子が大事なら、滑りやすい川端を夜中に歩いたりするもんか。その女は十中八九、てめぇで身を投げたのさ」

もっともらしい言い草にそういうものかと思う一方、「身を投げた」と聞いた刹那《せつな》、思い出の蓋《ふた》が持ち上がった。

――ちっ、覚えていやがれ。

そう言い残して暗い大川に飛び込んだ白鼠《しろねずみ》の声がよみがえる。

六助は慌てて頭を振った。

「今の奴らは『若い女』と言っていた。子まで生《な》した相手に捨てられ、やけを起こしたに違いねぇ。世の中には俺と違って薄情な野郎が多いからよ」

語気を強めた長吉の前で六助はわざと手を打った。

「その女は大川じゃなく、てめぇを孕《はら》ませた男の家にまず飛び込めばよかったな。おめぇの女房みてぇによ」

今でこそ悪態をつく女房も、数年前は「あたしを捨てたら死んでやる」と泣いて亭主に縋《すが》ったという。長吉が「てやんでぇ」と照れたところへ、見るからに様子のおかしい男が風呂敷《ふろしき》包みを手にやって来た。

顔は真っ黒に焼けているが、着ているものは小ざっぱりした茶の縞《しま》だ。年の頃なら自分と同じ四十半ばといったところか。ときどき後ろを振り返り、土手に並んだ古着屋の前を行きつ戻りつしている。両手に抱えた風呂敷の中身を売るつもりで来たのだろう。六助はさりげなく目をそらした。

昔の経験に基づく勘が「この男に関《かか》わるな」と告げている。おかしなことに巻き込まれたら、古着屋の鑑札を失いかねない。

さっさと通り過ぎてくれと心の中で念じていたら、

「何かお探しですかい」

隣からした声に驚き、長吉を睨《にら》んでももう遅い。日焼け男はためらいながらこっちのほうに寄って来た。

「これを引き取って欲しいんだが」

おずおずと差し出されたのは、女の藍染《あいぞ》めの袷である。白いうさぎが紺の地のあちらこちらに飛びはねている。嫁入り前の若い娘がいかにも好みそうな柄だ。

「まだ新しいし、傷んでもいねぇ。けど、こういうかわいらしい柄は着る人を選びやすからねぇ」

どうやら長吉はひと目で気に入ったらしい。口では渋っているものの、食い入るように袷を見ている。相手もそれを感じたらしく早口で言った。

「引き取ってもらえれば、値はいくらでも構わねぇ」

「そうだなぁ、そこまで言うなら」

しめたと言わんばかりに長吉が下唇を舐《な》める。六助は黙っていられなくなり、風呂敷ごと袷をひったくった。

幸いこのきものから、おどろおどろしい恨みの声や痛ましい泣き声は聞こえない。だが、売り手の落ち着きのなさからして後ろ暗い事情があるはずだ。六助はひと睨みして長吉の口を封じると、日焼け男に目を向けた。

「こいつは女もんだから、おめぇさんのじゃねぇだろう。どこから持って来なすった」

「それは」

「金に困って身内のきものを売りに来たなら、いくらでもいいってこたぁねぇやな。こいつをどうやって手に入れたのか、どうしていくらでも構わねぇのか。そいつを教えてもらおうか」

うさぎの袷を突きつけて六助は問い詰める。うろたえた相手は後ずさり、踵《きびす》を返して駆け出した。

「おい、こいつを持って行けよ」

六助が慌てて呼び止めたが、相手の足は止まらない。巧みに人をよけながら、あっという間に見えなくなった。

てっきり出来心で盗んだものを売りに来たと思ったのに、それを置いていくなんて間が抜けているにもほどがある。六助が呆気《あっけ》にとられていたら、長吉が感心したようにうなずいた。

「足元を見て値切るどころか、脅して巻き上げるとはたいしたもんだ。俺も今度から真似《まね》するよ」

「俺がいつ脅したってんだ。人聞きの悪いことを言うんじゃねぇ」

見当違いも甚だしいと隣人の頭を引っ叩《ぱた》く。そして、文句を言われる前に人差し指を突きつけた。

「おめぇのその目は節穴か。今の野郎はどこからどう見ても様子がおかしかったろうが」

「だとしても、話を聞くくらいいいじゃないか。それに、その袷はうちの女房に似合いそうだ」

けろりとした顔で言われ、六助はぽかんと長吉を見る。

「おめぇの女房は二人の子持ちだろう。こいつはさすがに派手じゃねぇのか」

「子持ちといったって、あいつはまだ二十一だ。それにうさぎは多産で子宝に恵まれるっていうからな。うちの女房にぴったりじゃねぇか」

鼻息荒く言い返されて、六助は頭が痛くなった。

すでに二人の子がいるくせにまだ子作りに励むつもりか。貧乏人の子だくさんとはよく言ったものである。

だいたいそんなに惚《ほ》れているなら、出所不明のきものなど気軽に着せたりすべきではない。きものは元の持ち主の思いや因縁が染み込んでいる。

「とにかく、こいつは俺があずかる。女房の機嫌を取りたいのなら、別のきものをやるんだな」

「六さん。そりゃずるい」

長吉の文句を聞きながら、六助は情けなくなった。どうして自分は厄介なきものを次々背負い込むのか。

——なんだかんだ言ったところで、とっつぁんはお人よしだからな。

余一《よいち》の言葉を思い出し、我知らず天を仰いでしまった。

二

　その後、勢いを増す長吉の文句に辟易《へきえき》し、六助は七ツ（午後四時）を待たずに見世じまいした。

「いっそ捨てちまおうかとも思ったんだが、きものに罪はねぇからな。昼間の男を見つけ出し、こいつを返してすっきりしてぇ」

　袷を持って向かった先は、もちろん余一の櫓《やぐら》長屋だ。猫なで声で事情を話せば、ややあって余一はうなずいた。

「このまま十分着られるもんを捨てるだなんて冗談じゃねぇ。そういうことなら、手伝ってやる」

　いつもはさんざん文句を言うのに、やけにあっさり承知する。予想外の反応に胸騒ぎを覚えたとき、「その代わり」と余一が言った。

「こっちも頼みてぇことがある」

「何だよ」

「とっつぁんの持っている総絞りの振袖《ふりそで》を貸してくれ」

総絞りの振袖とは、たぶん振袖夜鷹《よたか》のお梅《うめ》が着ていたものだろう。臙脂《えんじ》の地に鹿《か》の子《こ》絞りで大輪の菊が描かれている。

夜鷹の仕事着だったときは、絞りが伸びきって見るも無残な有様だった。その後、余一の始末で元の美しさを取り戻したにもかかわらず、大工の女房に納まったお梅は「振袖なんて着られるもんか」と受け取ろうとしなかった。

そんないわくのある品をいったい誰に着せるというのか。訝《いぶか》る六助に余一が言った。

「あの振袖なら、重陽の節句にお誂《あつら》え向きだろう」

九月九日の重陽の節句は、別名「菊の節句」ともいう。菊の花びらを浮かべた酒を飲み、菊の雫《しずく》を綿に吸わせ、その綿で身体《からだ》を拭《ふ》くと長生きできるとか。

貧乏人の余一の口からそんな風流なものが飛び出すとは。六助はしばし唖然《あぜん》として、ほどなく「ははぁん」と半目になる。

「さては菊の節句にかこつけて、お糸《いと》ちゃんにあいつを着せて口説こうって魂胆《はら》だな。この恰好《かっこう》つけの助平野郎が」

余一にぞっこんのお糸のことだ。豪華な振袖を着て菊入りの酒でも飲んだら最後、「余一さんの好きにして」としなだれかかって来るだろう。「畜生、うらやましいぜ」と肩を叩けば、「馬鹿言ってんじゃねぇ」と怒鳴られた。

「あの振袖は見合いに使うんだ」

「見合いって、お糸ちゃんがするのか？　おめぇはそれでいいのかよ」

「おれはお糸ちゃんが着るなんて一言も言っちゃいねぇだろう。知り合いの踊りの師匠に頼まれたのさ」

さる大店《おおだな》の主人が師匠の弟子を見初め、近々見合いをすることになった。そこで「できるだけ見栄えのいい、高そうな振袖を貸して欲しい」と頭を下げられたという。

「この縁談がまとまれば、師匠だって鼻が高い。ついでに玉の輿《こし》を狙《ねら》う新しい弟子が集まってくるんだと」

「へえ」

どこぞの旦那《だんな》が惚れたのは、弟子の踊りではなく見た目だろう。同じ師匠に弟子入りしても、そうそううまくいくものか。お糸がらみでないと知って六助は興味を失った。

「その師匠もちゃっかりしていやがるな」

「女がひとり芸だけを支えに生きてんだ。使えるものは何でも使うさ」

「うまくいった暁には見返りが期待できるのか」

「そういうケチなことを言うのなら、人捜しを手伝わねぇぜ」

「ちぇっ」

六助は舌打ちして、ひとつ気になることを聞いた。

「けど、本当にいいのかよ」

「何が」

「おまえの始末で新品同然になったとはいえ、元は夜鷹が着ていたもんだ。せっかくの玉の輿にそれこそケチがつかねぇのか」

大店の主人やその知り合いが夜鷹を買うとは思えない。万が一買っていたとしても、暗がりでことに及んでいる。始末された振袖を見て勘づく者はいないだろう。

だが、見合いや祝言はことさら縁起を担ぐものだ。大丈夫かと念を押せば、余一の眉がつり上がった。

「妙なことを言うじゃねぇか。あの振袖は職人が丹精込めた逸品だぜ。誰が着ようと、どこで着ようと、きものの値打ちは変わりゃしねぇ。それとも何か。身を売る女が着たもんは値打ちが下がると言いてぇのかよ」

射るような目を向けられて、六助は己の失言を悟る。

女ときものは生き直せる。それが余一の考えだ。

「汚れなんざ洗えば落ちる。それでも駄目なら、染め直せばいい」

「確かにおめぇの言う通りだ」

勢い込む相手の前で六助はおとなしく頭を下げる。そして話を元に戻し、うさぎの袷を持って来た男の人相を余一に語った。

「年の頃は俺と同じくれぇだな。顔はこう四角くて、月代《さかやき》は広めに剃《そ》っていた。ずいぶんと日に焼けていたから人足かもしれねぇ。身体つきからいっても、お店者ではねぇはずだ」

「目鼻はどんな具合だった」

「そうだなぁ。こう眉が太くて目玉がぎょろっとしていて……浅草の仁王《におう》様っていうより、浄瑠璃《じょうるり》人形の頭みてぇな面だったな」

しどろもどろに説明しながら、男の顔を思い描く。身体つきはがっしりしていて目鼻立ちもいかついのに、どこかおどおどした様は操り人形じみていた。

「きものは何を着ていた」

「茶の縞……いや、栗梅《くりうめ》（栗色がかった赤茶）に黒の三筋立《みすじだて》だ。そこらじゅうで見るもんだから、あまり手がかりにならねぇだろう」

あいまいな話をつなぎ合わせて余一は男の人相を描く。でき上がった顔を見て、六助は思わず声を上げた。

「そうそう、こんな顔だった。ひょっとしておめぇの知り合いか」

「馬鹿も休み休み言いやがれ」

紙の中から日焼け男がぎょろりとこっちを睨んでいる。半開きの口からは今にも何かを言い出しそうだ。

「おめぇは本当に器用だな」

余一の親方は自ら筆を取り、きものの柄も見事に描いた。弟子の余一に絵心があるのは知っていたが、ここまでとは思わなかった。

「これだけ似ていれば、捜し出せるに違いねぇ。助かったぜ」

六助にしてはめずらしく礼がすんなり口から出る。そこへ「ごめんなさいよ」という声と共に千吉《せんきち》が入って来た。

「おや、六さんじゃないか。またぞろ余一をこき使ってんのかい」

「おめぇには関係ねぇだろう」

「それが大ありなのさ。この人はあたしの仕事をいつだって後回しにするんだから。面倒な仕事を持ち込まれたら、頼んだきものの始末がいつまで経《た》っても終わりゃしない」

作った高い声を出し、細すぎる眉をひそめる。御高祖《おこそ》頭巾からのぞく目、鼻、口はあるべきところにおさまっていて、申し分なく美しい。光沢のある紫の袷を粋《いき》に着こなし、ちょっとしたしぐさからしびれるような色香を発する。

しかし、並みの女よりも美しくて女にしか見えなくても、千吉は男である。しなを作るな、紅《べに》を引くなと頭の中で罵《ののし》りつつ、六助は派手に顔をしかめた。

「女の恰好でここには来るなと余一に言われているんだろう。いい加減、どうにかならねぇのか」

「ちょいと育ち過ぎたけど、似合うんだからいいじゃないか。六さんだって昔はまんざらでもなかったくせに」

「俺にそっちの趣味はねぇっ」

歯をむき出して言い返せば、食えない相手がほほほと笑う。

千吉はかつて芳町《よしちょう》一の売れっ子陰間《かげま》で、多くの男を手玉に取った。背丈が五尺七寸(約一七〇センチ)にもならなかったら、二十二の今だって茶屋に居続けていたかもしれない。

「ちょっと、これを見てちょうだい。通りすがりに古着屋で見つけたんだけど、かわいらしいだろう」

「これをおめぇが着るのかよ」

「あたし以外の誰が着るのさ」

胸をそらした千吉が勝手に広げた袷には、海老茶《えびちゃ》の生地に白と黄色の万寿菊が描かれていた。

きものは確かにかわいらしいし、お糸が着れば似合うと思う。だが、五尺七寸の男が着て、果たしてかわいいと言えるのか。眉を寄せるこっちに構わず、千吉はきものの裾《すそ》を指す。

「ほら、ここんところに目立つ染みがあるだろう。おかげで安かったんだけど、このままじゃみっともないからね」

「みっともねぇのはおめぇのほうだ。人より大きな図体で性懲《しょうこ》りもなく女の恰好をしやがって」

呻《うめ》くような声を上げれば、千吉が赤い舌を出した。

「土手の古着屋にそんなことを言われるなんて、芳町一と謳《うた》われたあたしも落ちぶれたもんだよね。五年前はあたしを巡って命のやり取りもあったのにさ。花は花でも日陰の花はなかの花より早く散る、か。まったく嫌になっちまうよ」

日陰の花は陰間を指し、なかの花は吉原の女郎を指す。年季が二十七まである吉原と違い、陰間が客を取れるのはせいぜい二十が限度である。髭《ひげ》や脛《すね》の毛が濃くなって身体つきがごつくなれば、女の代わりは難しい。

「女相手は楽だけど、絞れる金に限りがあるしね。その点、男はよかったよ。余計な媚《こび》を売らなくても勝手に貢いでくれたから。たいしたもんも食ってないのに、どうしてこんなに育ったかねぇ」

首をかしげる相手の姿に六助の胸がしくりと痛む。

人並み外れてきれいな子供は十歳《とお》かそこらで売り飛ばされ、「女だったら、もっと高く売れたのに」と実の親から言われたそうだ。

――ところが、客からは「女郎買いより金がかかる」って青い顔で言われてさ。考えてみりゃ当然だよね。女は死ぬまで女だけど、男が陰間でいられるのはほんのわずかの間だもの。

知り合って間もない頃、千吉は六助にそう言った。今日の天気を語るように、あっけらかんとした口調で。

長吉は己の生まれを嘆いたが、千吉の身の上話を聞いたら果たして何と言うだろう。

「俺はずいぶんましだ」か、それとも「俺には関わりねぇ」か。

生まれたときから不幸な者は己の不幸に気付けない。千吉に会うたび、六助はそれを強く感じる。

売れっ子だった千吉の客は、大店の主人や大身旗本《たいしん》、納所坊主《なつしょ》が多かった。色に溺《おぼ》れた連中は陰間の気を惹《ひ》くために、「蔵にはどれほど金があるか」「重代の家宝がいかに高価か」を寝物語に自慢する。千吉は自慢の床技で客から鍵《かぎ》のありかや屋敷のつくりをつぶさに聞き出し、そのネタを盗人に売っていた。

七年前、六助は堅気の古着屋だったけれど、義理ある人に頼まれて千吉とのつなぎ役を務めたことがある。平然と客を陥れる少女のような少年を見て、心底肝が冷えたものだ。

この子は自分のしていることが本当にわかっているのだろうか。肌を合わせた馴染《なじ》み客が無一文になるどころか、命まで失いかねないのに。それとも、自分をもてあそんだ客に仕返しするつもりなのか。

――おめぇは売れっ子だから金に困っている訳じゃねぇだろう。惚れて通ってくる客をどうして裏切るんだ。

あるとき、つなぎ役として聞いてはならないことを聞いた。すると、千吉は「言っている意味がわからない」と言いたげな、とまどった顔をした。

――だって、高く売れるんだよ。

声変わりする前の高い声で言われたとき、自分は何と言い返したのか。六助はもう覚えていない。

金で売られ、金で買われ続けた千吉にとって、この世で一番大事なのは「金を手にすること」なのだ。金さえ払えば、何をしても許される。だったら、金を得るためには何をしたっていいはずだ。その思いが骨の髄まで染み透っているからこそ、千吉は顔色ひとつ変えずに客を裏切ることができる。

いや、そもそも裏切るなんて思っていないかもしれない。客が金を払った分はきちんと身体で返している。寝物語で聞いた話を他人に売って儲《もう》けたところで、道端に咲いている花を摘むほども悪いと思わないのだろう。そう見当をつけたとき、口の奥から途方もなく苦いものが込み上げた。だから、つなぎ役を終えたとき、二度と千吉には関わるまいと思ったのに。

――六さん、久しぶり。

二年前、陰間をやめた千吉は六助の見世に現れた。並みの男より背が伸びたせいで、名乗られるまで芳町にいた陰間だとは気付かなかった。以来なぜかまとわりつかれ、こんなことになっている。

思わずため息をついたとき、千吉が「おや」と声を上げた。

「人相書なんて剣呑《けんのん》なもんを持っているじゃないか。さては、また悪さをしようっていうのかい」

「人聞きの悪いことを言うんじゃねぇ。この男に返したいものがあるんだよ」

むきになって言い返し、余一の描いた人相書を相手の目の前に突き付ける。すると、相手は長い睫毛《まつげ》に縁どられた形のいい目をしばたたいた。

「この男なら知ってるよ。返したいものって何なのさ」

「本当かよ」

「ああ、間違いないって」

自信たっぷりにうなずかれて、こっちのほうが面食らう。

人相書ができたとたん、素性がわかるなんていささかでき過ぎではないか。六助と余一は目を見交わした。

三

翌六日は朝から雨が降った。そうなると、行商や床見世はたちまち途方に暮れてしまう。

まさか昨日、お天道様に文句を言ったからじゃねぇよな。打って変わった肌寒さに六助は長屋で首を縮めた。

思えば床見世商いは、夏より冬のほうがつらい。冷たい川風が吹き付けるし、足元からは寒さが這《は》い上がってくる。こんなことならお天道様に悪態なんぞ吐くんじゃなかった。いつだって後悔は後からするものなのだ。

そのままだらだらと日を過ごし、六ツ半（午後七時）過ぎに余一と千吉がやって来た。

「お尋ねの男は、深川佐賀町の植木職で剛造《たけぞう》っていうらしい。腕はいいけど偏屈で、弟子のひとりもいないんだとさ。身内は女房とひとり娘がいるんだって」

千吉は行きつけの出合茶屋で、植木の手入れをする剛造の姿をたびたび見ていたらしい。そこで茶屋の女将《おかみ》から話を聞いてきたのである。

「こんな長屋に住んでいて植木屋に用はねぇはずだ。剛造に返したいものってなぁ、いったい何だい」

茶屋の女将に会ったからか、それとも昨日の今日だからか。男の恰好の千吉は興味津々で身を乗り出す。そうしていれば、いささか線は細いものの余一にだって見劣りしない。そもそも陰間をしていたときも振袖若衆姿だった。

どうして陰間をやめてから、女の恰好を始めたのか。六助は不思議に思いつつ、うさぎの袷を見せてやった。

「かわいらしいきものだな。これがどうしたってんだ」

「その剛造って野郎が俺に押し付けていったのよ。一文の金も受け取らずにな」

そのときの様子からして後ろ暗い品に違いねぇと決めつければ、千吉が意外そうに目を瞠《みは》った。

「聞いた話じゃ、剛造は真面目《まじめ》一方らしいぜ。おさよって娘がいるそうだから、その娘のもんじゃないか」

「てめぇの娘のもんだったら、びくつく必要はねぇだろう。それに住まいが深川なら、どうして土手までやってきた」

家の近所で古着を売るのは人目をはばかるかもしれない。だが、柳原に来る途中の富沢町にも古着屋は軒を連ねている。挙句、金ももらわずに逃げ出すなんて、やましいところがある証拠だ。

「そんなもんと関わり合って、痛くもねぇ腹を探られるのはごめんだからな」

「痛くもない腹、ねぇ。腹より昔の脛の傷をお上に知られたくないんだろう」

食えない同じ穴のむじなは狐《きつね》のような笑みを浮かべる。そして、再びうさぎの袷に目をやった。

「そういえば、剛造の娘は父親とは似ても似つかぬ器量よしなんだと。ところが、近頃は長屋から一歩も出ないらしい」

「さては怪我《けが》でもしたのかな」

「治療代を作るために娘のきものを売りに来たなら、金はもらって帰るだろう。詳しいことは明日にでも本人に聞くとしようじゃないか」

千吉の言葉にうなずけば、余一がようやく口を開いた。

「そこまでわかっているのなら、頭数はいらねぇだろう。おれは手を引かせてもらう」

余一の言うことはもっともでも、千吉と二人っきりは六助だって願い下げだ。

「乗りかかった船じゃねぇか。最後まで付き合えって」

「重陽の節句まであと三日だ。おれは明日、師匠にきものを届けねぇと」

「だったら、振袖は貸さねぇ」

「とっつぁん、卑怯《ひきょう》だぞ」

焦った顔の余一を見てにわかに仏心が湧《わ》いた。師匠の住まいが上野のほうなら、深川行きはさすがに厳しい。

「踊りの師匠はどこに住んでんだ」

問うと余一は目をそらし、忌々《いまいま》しそうに呟いた。

「小網町」

それなら永代橋の手前だから、深川に行く途中に寄れる。仏頂面の余一の隣で千吉が手を叩いた。

「だったら、一緒に行ってやるよ。安心しなって」

「……おめぇが一緒だから嫌なんじゃねぇか。いいか、行く先々で余計なことを言うんじゃねぇぞ」

「俺がいつ、どこで余計なことを言ったってのさ。心配しなくても男の恰好で行ってやるから」

二人のやり取りを聞きながら、顔には出さずに苦笑する。

千吉だったらこういう場合、ためらうことなく嘘《うそ》をつく。深川から遠い場所を言い、「俺も行きたかったのに」と肩をすくめて見せたろう。なおも言い合う二人の姿を六助は無言で眺めていた。

雨は翌日も降り続き、六助はこの秋初めて袷を着た。まず踊りの師匠宅を訪ねたところ、間の悪いことに留守だった。

「待っているのも馬鹿らしい。帰りに寄ればいいじゃないか」

もっともな千吉の言葉に従い、永代橋を渡って佐賀町へ。幸いこちらは在宅で、六助の顔を見たとたん剛造は青くなった。

「どうして、ここが」

「おめぇさんの忘れ物を返しに来た」

「い、いらん。持って帰ってくれ！」

剛造の住まいは櫓長屋には及ばぬものの、長屋としては広いほうだ。こんなところに住めるのだからそれなりに実入りはいいのだろう。ならば、どうしてこの男はやましいことに手を染めたのか。

「こちとら手間暇かけておめぇさんを捜したんだ。大の男が三人揃ってこのまま帰る訳にはいかねぇ」

六助は無理やり敷居をまたぐと、持参したうさぎの袷を剛造に押し付ける。そのとき、襖《ふすま》の陰から女房と娘が顔を出した。

「おまえさん、どうしたんだい」

いきなり乗り込んできた見知らぬ三人の男に不安を覚えたのだろう。剛造が血相を変えて振り返った。

「おさよ、こっちに来るんじゃねぇ！」

その大声に娘が棒立ちになったと思ったら、

「いやぁぁっ、やめてぇ！」

鬼か蛇でも見つけたようにきれいな顔を歪《ゆが》ませる。両親はすかさず左右から娘を押さえつけた。

「おさよ、落ちつけ！」

「おまえさん、そのきものをどこかにやって！　おさよ、おさよ、しっかりして。怖がらなくてもいいんだよ」

だが、おさよは「放して、放してよっ」と両手両足をばたつかせる。どうやら娘はうさぎの袷を目にしたせいでおかしくなってしまったようだ。

自分には何も聞こえないが、何か憑《つ》いていたんだろうか。六助が面食らっていたら、千吉が訳知り顔で腕を組む。

「その袷を着ていたときに襲われたみたいだね」

「何だって」

「きものを見るなり暴れ出したのは、そのときのことを思い出したからだろう。でなきゃ、きもの一枚でこんなに取り乱す訳がない」

世間じゃざらにあることだと千吉はうそぶく。一方、余一は言葉を失《な》くして凍りついている。無理に連れてきたことを六助は心底後悔した。

——おまえさえこの世にいなけりゃあっ。

かつて余一の親方は、激昂《げっこう》したはずみで言ってはならないことを言った。告げられたときの余一の顔を六助は今も覚えている。瞬きどころか息を吸うことさえ忘れたように、ただ親方を見つめていた。おさよの姿を目の当たりにしてどんな気持ちでいることか。

そのうちに暴れる力が尽きたらしく、おさよがおとなしくなった。母親の胸にしがみついてひたすらすすり泣いている。父親はいかつい顔を歪め、六助に袷を突き出した。

「後生だから、何も聞かずにこいつを持って帰ってくれ」

疲れ切った表情に六助は無言でうなずいたが、

「男に乱暴されたくらいで何を騒いでいるんだか。お姫様じゃあるまいし、今は生娘だからって男はありがたがらないぜ」

千吉の憎まれ口に父親は鬼のような形相になった。

「この野郎！」

「何てことを言いやがるっ」

六助は急いで千吉の口をふさごうとしたが、相手のほうが背は高い。力任せに押しのけられて、みっともなくたたらを踏んだ。

「女郎に売られる娘だって大勢いるんだ。一度痛い目を見たくらいで騒ぎすぎじゃないのかねぇ」

「黙れっ」

剛造が怒りで顔を染めて太い腕を振り上げる。余一がとっさにその腕を摑《つか》んだ。

「こんな奴を殴ったところで、大事な腕を痛めるだけでさ」

「うるせぇっ。この野郎をぶん殴ってやらねぇと腹の虫がおさまらねぇ」

「何発殴ったところで、気はすまねぇと思いやす。それに、そんな姿をお嬢さんに見せるもんじゃありやせん」

剛造は目を瞠り、振り返っておさよを見る。娘は母親に抱きついたまま、「おとっつぁん、やめて」と震える声で訴えていた。

「……おとっつぁんの言うことを聞かなかった、あたしが馬鹿だったの……その人の言うことはもっともだわ」

呟く声は弱々しく、見るからにやつれている。それでも、生来の顔立ちのよさは十分見て取ることができた。明るく笑っていたときはさぞかし人目を引いただろう。

娘のすすり泣きを聞きながら、剛造は何かを諦《あきら》めたような表情を浮かべた。

「まさか、うちまで来るなんてな。こっちは身元がばれねぇよう、わざわざ柳原まで出かけたのに」

六日前の晩、おさよは親の目を盗んで近所の地蔵堂へ「闇詣《やみまい》り」に出かけた。闇詣りとは月のない晩にひとりでお詣りをすることで、若い娘が行うとたいそう効き目があるという。

「そんな噂を真に受けて、闇夜の晩に出かけやがって。物騒だからやめておけって、さんざん言っておいたのに」

おさよはどうしてもかなえたい願いがあったらしい。父の言いつけにそむいて出かけ、地蔵堂のそばで襲われた。千吉が睨んだ通り、藍染めのうさぎの袷はそのとき着ていたものだそうだ。

「きものの汚れは洗って落ちたが、そいつを見るたびにおさよがおかしくなっちまう。こんなことなら、燃やしちまえばよかったぜ」

くやしそうな呟きに居たたまれない気分になる。剛造の様子がおかしかったのは、自らの罪に怯《おび》えていたからではなかったのだ。

「そんなことをしちゃ、そのきものがかわいそうだ」

事情を知って黙っていられなくなったのか、余一が呻くように言う。そして、うなだれる父親に真摯《しんし》な声で訴えた。

「糸をつむぎ、染めて、織って……着尺の反物《たんもの》を仕上げるには、ずいぶん手間がかかりやす。おめぇさんの気持ちもわかるが、きものに罪はありやせん」

それから、余一はおさよを見た。

「お嬢さんは自分が汚れたと思っているようだが、汚れや穢《けが》れは洗えば落ちる。気に病むこたぁありやせん」

「下手な気休めを言わないで」

心の傷に触れられて、間髪を容《い》れずにおさよが叫ぶ。まなざしは火を噴きそうな怒りに燃え、まっすぐ余一へ向けられていた。それでも余一は臆《おく》することなく、ゆっくり言葉を口にする。

「おれは今まで数えきれないほどきものの始末をしてきやしたが、落ちなかった汚れはほとんどねぇ。おめぇさんが着ていたきものだって、こうしてきれいになったじゃありやせんか」

「見た目の上ではわからなくても、汚れたことに変わりはないわ。男なんかにあたしの気持ちがわかってたまるもんですかっ」

「嫌な男に抱かれるつらさは俺のほうが知っているぜ」

唇をわななかせるおさよを千吉がからかう。余一は口の減らない元陰間に「黙ってろ」と一喝した。

「だったら、これを見てくだせぇ」

そして余一は持っていた風呂敷包みをほどき、菊の振袖を広げて見せる。総鹿の子絞りの臙脂の菊が畳の上に咲き誇る。その豪華さ、美しさに若い娘は吸い寄せられた。

「なんて、きれい……」

ややして口から漏れたのは、ため息のような感嘆だった。

腕のいい植木職の娘なら、日々の暮らしに困ることはないだろう。だが、こんな豪華な振袖を間近で見たことはないはずだ。魅入られたように見つめている。

「こいつは柳原の土手で身を売っていた夜鷹が着ていたもんですぜ」

よほど意外だったのか、おさよが目を丸くして余一を見た。

「まさか、こんな立派なものを」

「本当でさ。こいつを着て商売をしていたときは、絞りが伸びて柄は崩れ、あちこち汚れておりやした」

言葉の真偽を確かめようとしたのか、おさよは恐る恐る豪華な振袖に手を伸ばす。

大名家のお姫様が着ていそうな振袖を着て、身を売る夜鷹がいたなんてにわかに信じられないのだろう。

しかも、その痕跡《こんせき》はどこにも残っていないのだから。

「そういう話を聞いちまうと、こいつは汚れて見えやすか」

余一の問いにおさよは返事をしない。しばし考え込んでから、「あなたがこれをきれいにしたの」と小さな声で問い返した。

「へえ」

「その夜鷹はどうなったの？　こんなにきれいになったのに引き取りにも来ないなんて……まさか……」

不吉なことを考えたらしく、おさよが声を詰まらせる。余一はかすかに口の端を引き上げた。

「こいつはもう用無しなんでさ」

「どういうこと」

女は夜鷹をやめて惚れた男と一緒になったと教えてやると、娘は泣き笑いの顔になる。

「その手に、触れてもいいかしら」

余一がうなずくのを待って、おさよはおずおずと右手に触れる。生地を傷めないよう短く切られた爪の間には藍が染み込み、常に水を使うせいで肌はひどくかさついている。節くれだった長い指を大事そうに握り締め、おさよは縋るように聞いた。

「あたしの汚れも、落ちるかしら」

「落ちるも何も、おめぇさんは最初《はな》から汚れてなんていやせんよ。よしんば、一度汚れたって女ときものは生き直せる。おれはそう思いやす」

涙を流してうなずく娘を両親も泣きながら見つめている。帰り際、千吉が素早く母親に耳打ちした。

「しばらくは娘の体調に気を付けな。月のものが来ねぇようなら、すぐさま手を打ってやるこった」

母親は顔をこわばらせ、何も言わずに唇を噛《か》む。

今のやり取りが余一に聞こえていなければいい。六助は祈らずにはいられなかった。

四

帰り道、小網町の踊りの師匠は家に戻っていた。だが、「きものを持って来た」と余一が言うなり、「ごめんなさい」と両手を合わせた。

「実はあの話、流れちゃったの。足元の悪い中をわざわざ来てくれたのにねぇ。上がってお茶でも飲んでいって」

すまなそうなその顔に六助の目が吸い寄せられる。踊りの師匠をしている割に肉置《ししお》きのいい身体をしていて、下がり気味の一重の目には色気と愛嬌《あいきょう》が満ちている。年は三十半ばくらいで、深川鼠の業平菱《なりひらびし》のきものに小豆《あずき》色の帯を締めている。ごく地味な取り合わせが女を小粋に見せていた。

とかく女は若づくりをしたがるけれど、本当の洒落《しゃれ》者はそういうことをしないもんだ。腹の中で呟きながら、六助はひとり下駄を脱ぐ。家の主人はにっこり笑った。

「あたしは、この辺の娘たちに踊りを教えているお蔦《つた》と申します。ところで、おまえさんは」

「お、俺は古着屋の六助ってもんです。余一とは古い付き合いなんでさ」

上ずった声で名乗ったら、「いいお名前ね」とほめられる。それが世辞だとわかっていても、美人の言葉は耳に心地いいものだ。ひとりで脂下《やにさ》がっていると、お蔦が余一と千吉を促した。

「二人とも早く上がってちょうだい。いい男に玄関先で帰られたんじゃ、このお蔦の名折れになるわ」

そこまで言われて観念したのか、余一と千吉も下駄を脱ぐ。その後、お蔦は「ちょっと待っていて」と台所に引っ込んだ。

「ひとり暮らしは楽だけど、お客が来るとてんてこ舞いでね。あと半月もすりゃ、長火鉢を出すんだけど」

師匠はそう言いながら、お茶と羊羹《ようかん》を運んできた。

「ぬるかったらごめんなさいよ」

「なに、俺は猫舌でね。ぬるいほうがありがたい」

お蔦の明るい笑顔のおかげで、今さっきのつらい話が薄れていくような気分になる。

「どんなきものか見たい」と言われ、余一が振袖を広げると、

「あら、まぁ」

師匠は大きく目を見開いた。

「見合いは九月九日と聞いていたんで、菊の柄が頃合いだと思いやしたが……話が流れたんじゃ仕方がねぇ。こいつは持って帰りやす」

うっとり見つめていた師匠は余一の言葉で我に返る。そして、意を決した口ぶりで再度手を合わせた。

「この振袖をひと目見れば、どんな娘も袖を通したいと思うはずだわ。余一さん、しばらくこのきものを貸してちょうだい」

意地でも見合いをさせてやると、師匠はやけに意気込んでいる。六助は意外な思いで聞き返した。

「それじゃ、師匠のお弟子が断って来たんですかい」

てっきり旦那の身内から「身分違いだ」と横やりが入り、流れたのだと思っていた。お蔦が険しい顔でうなずく。

「そうなの。先方は十五ばかり年上だけど、先妻との間に子はないし、親の遺《のこ》した小さな店をあっという間に大きくした才覚の持ち主なんですよ。最初はあの子も乗り気だったのに、土壇場《どたんば》で父親が断りに来て」

――うちの娘に御新造《ごしんぞ》が務まるとは思えません。

頑なにそう言い張るので、止めるに止められなかったそうだ。

「あすこはひとり娘だから、手放すのが嫌になったんでしょう。でも、先方はあの子に難しいことをさせる気なんてこれっぽっちもないんですよ。家のことは女中が、店のことは番頭が万事心得ているんです。あの子がやらなきゃいけないことは、旦那の機嫌を取り持って跡継ぎを産むことだけなんだから」

鼻息荒く決めつける相手に六助は首をかしげた。

「そうはいっても、釣り合わぬは不縁の基と言いやすからね。父親が心配するのも無理はねぇ」

「おれもそう思いやす」

めずらしく余一も同意したが、千吉は「冗談じゃない」と目を怒らせた。

「せっかくの出世話を自らふいにするなんて、その娘も父親も罰当たりにもほどがある。さっきの娘も師匠の弟子も根性がなさすぎだよ」

よほど腹が立ったのか、おさよのことまで引き合いに出す。余一と六助は目を見交わし、千吉を黙らせようとした。

「おめぇは関わりねぇだろう。余計な口を挟むんじゃねぇ」

「関わりねぇのは六さんだって同じだろうが。俺は甘いせんべいと甘ったれた女がでぇきれぇなんだ」

「千吉、いい加減にしろ」

「なんだ、おめぇまで怖い顔して。この世の苦労は金がないからするもんだ。玉の輿を断るなんて大間抜けだぜ」

「その通りですよ」

お蔦は大きな声で言い、笑みを浮かべて千吉を見た。

「どんな相手と一緒になろうと、女は苦労するもんさ。金があっての苦労なら、し甲斐《がい》があるってもんですよ」

「さすがに師匠はわかっているねぇ」

「おまえさんも年の割に世間がわかっているじゃないか」

お蔦と千吉は意気投合し、互いに相手を持ち上げる。六助は「まずい」とひそかに舌打ちした。

千吉は年増相手の色事師である。まさか、お蔦に目を付けたんじゃあるまいな。焦った六助は二人の話に割り込んだ。

「けど、本人にその気がねぇなら、無理強いもできねぇでしょう。いっそ他のお弟子に声をかけてみたら」

「駄目、駄目。旦那はうちのおさらい会であの子にひと目惚れしたんだもの。女郎みたく、他の娘《こ》はどうですかと勧める訳にはいかないわ」

大きなため息をついてから、お蔦は余一に再度頼む。

「この話がまとまれば、あたしもずいぶん助かるの。この振袖できっとあの子の気持ちを変えてみせるから、しばらく貸しておいてちょうだい」

「だったら、このとっつぁんに言ってくだせぇ」

「えっ」

「この振袖はとっつぁんのもんなんでさ」

その言葉を聞いたとたん、お蔦は六助の手を取った。

「あらまぁ、そうだったんですか。あたしったら、ちっとも知らなくて」

「いやいや」

「こんな立派な振袖をタダで貸してくださるなんて。この恩は決して忘れません。本当にありがとうございます」

「えぇと」

こっちがいいと言う前に師匠はどんどん話を進める。六助は頭をかきながら、「どうぞ好きにしてくだせぇ」と言うしかなかった。

「そうと決まれば、善は急げだ。あたしはこれから出かけますんで、みなさん帰ってくださいな」

お蔦は笑顔でそう言って、今度は三人を追い出しにかかる。運よく雨は上がっていたので帰りは傘をささずにすんだ。

「おい、千吉」

「何だよ」

「師匠に手を出しやがったら、この俺が承知しねぇからな」

六助がとりあえず釘《くぎ》を刺すと、相手はこともあろうに派手に噴き出す。人を馬鹿にしやがってと、六助は目をつり上げた。

「笑ってごまかそうったって、そうはいかねぇぞ」

「あぁ、おかしぃ。六さんがあたしと同じ好みだなんて、今の今まで知らなかったわ」

何がそんなにおかしいのか、笑い過ぎた千吉は女言葉になっている。同じ好みということは、やはりお蔦に手を出す気か。かっとなった六助が摑みかかろうとしたときだ。

「二人とも、師匠には関わらないほうがいい」

困ったような余一の声に返事をしたのは千吉だった。

「心配しなくても、あんたの知り合いに手は出さないって。それにあたしが相手をするのは、せいぜい四十までだもの」

「だったら、師匠はどんぴしゃだろう」

すかさず六助が言い返すと、千吉が含み笑いをした。

「夢を壊して気の毒だけど、師匠は六さんより年上よ。あたしの勘じゃ五十をとうに超えているはず」

　年増の相手をするだけでなく、自ら女の恰好をする千吉の目は確かである。「同じ好み」と言ったのはそういう意味だったのか。

　すぐには信じられなくて余一のほうを見たところ、嘘をつけない昔馴染みは気まずそうに目をそらす。六助の顎《あご》がだらりと下がった。

　あの顔と身体つきで自分よりも年上なんて……女は三十路《みそじ》を過ぎれば大年増《おおどしま》、四十を過ぎたらばあさんだ。実際、四十前後で孫のいる女は大勢いる。しわひとつないお蔦の顔を思い出して、六助は知らず身震いした。

「お化けに会った訳じゃなし、青くならなくてもいいじゃないか」

「二十も若く見えるだなんて、お化けと変わりゃしねぇじゃねぇか。俺は冷や汗が出て来たぜ」

「男ってのはこれだから。師匠は自分がいくつかなんて一言も言っちゃいないんだよ。勝手に若いと決めつけて、がっかりするほうが悪いのさ」

　身を売っていただけあって千吉の言葉は女寄りだ。ぐうの音も出ない六助は呻くように言った。

「どうせ、俺は見る目がねぇよ」

「とっつぁん、すねるなよ。女を見る目はなくたって、きものを見る目はあるんだから」

余一らしいすっとぼけた励ましに意地を張るのが馬鹿らしくなる。やはり千吉と二人でなく、こいつも一緒で助かった。

それにしても、あの振袖が見合いの席で着られるなんて。お梅が知ったら、どんな顔をするだろうか。

六助の頭に、最後に見た花のような笑顔が浮かび上がった。

五

「あとはくそ野郎を捕まえるだけだな」

七ツ（午後四時）過ぎ、櫓長屋に戻った余一がことさら低い声を出す。六助と千吉は同時に尋ねた。

「おい、何のことだ」

「くそ野郎って、誰のことさ」

「今さら言うまでもねぇ。おさよを襲った男に決まってんだろうが」

余一は洒落や冗談でこんなことを言う奴ではない。六助は慌てた。

「おめぇに諭されて、あの娘は気を取り直したはずだ。悪党を捕えるのは町方に任せておけって」

道理で余一がめずらしく「ちょっと寄って行かないか」と自分たちを誘ったはずだ。強い調子で異を唱えれば、千吉もうなずいた。

「そうだよ。町方はそれが仕事なんだから」

「町方は訴えがねぇ限り、何もやってはくれねぇんだ。ひどい目に遭った娘や親が『恐れながら』と訴え出る訳ねぇだろう」

そして罪が暴かれなければ、娘を襲った悪党は同じことを繰り返す。それは絶対に許せないと余一は言った。

「闇詣りの噂だって、そいつが流したもんかもしれねぇ。このまま手をこまぬいていれば、おさよと同じ思いをする娘がさらに増える。おめぇたちはそれを承知で放《ほう》っておくというのかよ」

余一はどうあっても見過ごす気はないらしい。その気持ちはわかるものの、さてどうしたもんだろう。ちらりと千吉をうかがえば、女と見まがうきれいな顔を思い切りしかめていた。

「物好きだとは思っていたけど、これほどとは思わなかった。そんなにやりたきゃ、ひとりでやりな。俺は嫌だね」

そっぽを向く千吉に「そいつは困る」と余一は言った。

「おめぇには女の恰好で悪党を誘い出してもらわねぇと」

余一は千吉を囮《おとり》にして悪党を捕まえる魂胆らしい。確かにいい考えだが、危険な役をあてがわれて千吉は怒った。

「馬鹿言ってんじゃねぇっ。どうして俺が囮にならなきゃいけないんだ」

「おめぇの女装が世のため、人のために役立つときが来たんだぜ。素直に喜べばいいだろうが」

「俺は自分自身のために好きな恰好をしてんだよ。役に立とうと立つまいと知ったことか」

「どうしても嫌だというなら、それでもいい。だが金輪際、おめぇのきものの始末はしねぇぜ」

この一言がある限り、千吉は余一に逆らえない。五尺七寸の男でも着られるきものは探せばあるが、余一と同じ腕を持つ職人は他にいないからだ。

「この野郎、人の弱みに付け込みやがって」

「そいつはお互い様だろう」

「……わかった、手伝ってやろうじゃないか。その代わり、今度から俺の仕事はいの一番でやってもらうぜ」

「それは約束できねぇな」

「何だって」

「おとつい持って来た万寿菊の袷はすぐに仕上げてやる。それでいいだろう」

駄目だと言い返すことができず、千吉は歯ぎしりしてくやしがる。まさか余一にしてやられるとは思っていなかったに違いない。

「そういう訳だから、とっつぁんも手伝ってくれるよな」

当然のように決めつけられて、六助も内心むっとする。千吉を紹介したのは自分だし、余一とは長い付き合いだ。今度の一件に引っ張り込んだ手前もあるので、頼まれれば嫌とは言えない。

だが、ものわかりよくうなずくのは癪《しゃく》に障る。

「そこまでおめぇがむきになるのは、お糸ちゃんが心配だからか」

「何だって」

「おめぇにぞっこんのお糸ちゃんだ。どこかで噂を聞きつけて、闇詣りをするかもしれねぇ。そうなったら大変だと気を揉《も》んでいるんだろう」

「なに馬鹿なことを言ってんだ」

にやにや笑って言ったとたん、余一が真顔で言い返す。おさよが襲われた地蔵堂は深川にある。神田に住むお糸がわざわざ行くとは思えないが、絶対ないとも言い切れなかった。

「おめぇがお糸ちゃんと一緒になれば、そんな心配をしなくてすむぜ。闇詣りをする必要がなくなるからな」

「おれは、そんなんじゃ」

「なんだ、なんだ。俺はお糸って子のために囮にされるのか」

目を輝かせた千吉がここぞと話に割り込んでくる。

「余一にそんな女がいるなんて、ちっとも知らなかった。こりゃ、ぜひともそのお糸さんを紹介してもらわないと」

「馬鹿言うな。おめぇなんかに会わせたら」

「目移りされるのが心配なのか。だったら、女の恰好のときに」

「うるせぇ！」

慌てた余一は勢いよく怒鳴りつけ、恨みがましく六助を見る。しかし、もはや取り返しはつかない。

「千吉には危ない橋を渡らせるんだ。会わせるくらいいいじゃねぇか」

気まずい思いで言い訳したが、余一は返事をしなかった。


翌日は雨こそ降らなかったものの、一日中重い雲に覆われていた。これなら月も出ないだろうと、六助たち三人は五ツ（午後八時）前に永代橋を渡った。

「それにしても、お糸ちゃんはたいした器量よしじゃないか。あれじゃ、おみつって子は望み薄だね」

「うるせぇ。黙って歩きやがれ」

「若い娘に言い寄られて、うらやましいことだよね。あたしなんざ大年増の相手で苦労しているっていうのにさ」

提灯《ちょうちん》を持つ余一の肩を御高祖頭巾の千吉が突っつく。見かねて、六助が口を挟んだ。

「やめねぇか。ますます余一がへそを曲げるぞ」

「どうしてさ。こっちは気を遣ってこの恰好で行ったのに。それに店には入らずに、外からのぞいただけじゃないか」

確かにその通りだが、見覚えのない派手な美人が余一のそばにいるのを見て、お糸は誤解しただろう。この性悪な元陰間は女心を知り抜いている。女の恰好で見に行ったのはそのためかと、六助は今頃気が付いた。

「人の恋路を邪魔しやがって」

「憎まれっ子は世にはばかるって言うじゃないか。あたしゃ長生きしたいのさ」

いけしゃあしゃあと言い返されて、六助は二の句を継げなくなる。千吉は悪いことを悪いと知りつつ、悪いと思わずにやるから始末が悪い。

加賀味《かがみ》の一件でお糸と余一の仲が少しは近づいたと思ったのに、これでまた振り出しか。そんなことを思いつつ、三人は大川端の粗末な船小屋に潜り込んだ。

本当は地蔵堂の近くの店で夜の更けるのを待つはずだった。ところが、千吉はさんざん文句を言ったくせに、いざとなるとことさら着飾ってやってきたのだ。

「おめぇはただでさえ目を引くってのに。そんな真っ赤なきものを着られちゃ、目立っちまって仕方がねぇ」

「ふん、六さんさえいなければ、傍目《はため》には若い美男美女だよ。人目を忍ぶ仲だろうと勝手に思ってくれるだろうさ。小汚いじじいが混ざるから、たちまち胡散《うさん》くさくなるんじゃないか」

「小汚いじじいで悪かったな。男か女かわからないでくのぼうよりよっぽどましだ」

「でくのぼうとは失礼だね。あたしゃこれでも芳町一の床上手と言われたんだ。月のないのを幸いに必ず敵は食いつくよ」

「月の明るい晩だったら、五尺七寸の大女に食いつくはずがねぇからな」

「そういうことを言うのなら、六さんが女のふりをすればいい」

「こんなところで騒ぐんじゃねぇ。もっと小声で話しやがれ」

だんだん大きくなる声に余一がぶすりと文句を言う。あちこち隙間《すきま》のある船小屋は、風だけでなく物音もすべて表に素通しなのだ。

「闇詣りは世間の人が寝静まった頃だというから、あと一刻（約二時間）以上待たなきゃならねぇ。その辺の屋台で稲荷《いなり》ずしでも買ってくるか」

「だったら、酒もお願いするよ」

間髪を容れずに千吉が言い、「たまにはいいこと言うじゃねぇか」と六助も応じる。

しかし、余一はつれなかった。

「これから悪党とやり合うんだ。酒を飲んでいる場合じゃねぇ」

そう言われては言い返せず、三人は隙間風に震えながら時を過ごした。四ツ（午後十時）の鐘が鳴り終わり、町内の木戸が閉まった頃。

「さて、そろそろ行くとしようか」

余一の言葉を合図に三人は腰を上げた。

おさよが襲われた地蔵堂は、大川端の船小屋からしばらく歩いたところにある。娘になりきった千吉が提灯を持って先に行き、その後方を余一と六助が忍び足でついて行く。

「怖いわ、何か出て来そう……でも、あの人と一緒になるためですもの」

小さな声で呟いて、千吉がさも心細そうに周囲を見る。昨日の文句はどこへやら、今はすっかり恋する乙女になりきっているらしい。揺れる提灯の灯《あか》りを頼りに、目当ての地蔵堂まで辿《たど》り着いたときだった。

「おとなしく言うことを聞けば、命までとりゃしねぇって」

「いや、やめてっ」

地蔵堂の陰で待ち構えていたのだろう。飛び出してきた男が提灯を奪い、千吉を羽交い絞めにする。そのまま地べたに押し倒し、赤いきものの裾を割った。

「こんな時刻に出歩くなんて、悪いお嬢さんだなぁ。これに懲りたら闇夜のひとり歩きなぞしねぇこった」

鼻息荒く言い放ち、若い娘と信じている千吉の懐に手を突っ込もうとした刹那、

「ぎゃああっ」

「たかが股座《またぐら》を蹴られたくらいで、死にそうな声を出しなさんな。あんたへのお仕置きはこれから始まるんだから」

うずくまる男を蹴り飛ばして千吉は立ち上がる。駆けつけた六助たちが提灯で顔を確認すれば、

「おめぇは、あのときの」

思いがけない人物に六助は言葉を詰まらせた。足元で丸くなっていたのは、三日前に土手で見かけた大工の片割れだったのだ。

「てめぇが闇詣りの噂を流し、地蔵堂に来た娘たちを手籠めにしていたのか」

髷《まげ》を摑んで上を向かせ、余一が男を睨みつける。相手は顔をこわばらせ、無言で首を左右に振った。

「黙っていたんじゃわからねぇ。はっきり言いやがれ」

「……ほ、ほんの出来心でしたこった。み、み、見逃してくれよ」

「その出来心のせいで自ら命を絶つ娘だっているんだぞ」

提灯の灯りに照らされた余一の剣幕に恐れをなし、むこうはガタガタ震えている。するとと何を思ったか、千吉が一歩前に出た。

「闇夜に女を襲う奴に説教なんて無駄なこった。こういう輩《やから》は身体に教えてやるのが一番だよ」

「お、おめぇ……男だったのか」

「ああ、そうさ。どっちにしても、タダではやらせないけどね」

乱れたきものの裾も直さず、千吉は背筋が寒くなるような笑みを浮かべる。その手にはいつの間にか匕首《あいくち》が握られていた。

「力ずくで人をおもちゃにしたんだ。お返しに何をされたって、文句を言えた義理じゃないだろう」

「た、助けて……」

「あんたは、そう言う娘たちを助けてやったのかい。無慈悲に犯して、喜んでいたんだろうが」

男は髷を摑まれたまま、いざって後ろに下がろうとする。千吉を見上げる二つの目から涙があふれ出していた。

「お、俺が、わ、わ、わるかっ」

「何でも謝って許されるなら、町奉行所はいらないんだよ。やっぱりここは、娘たちと同じ痛みを味わってもらうしかなさそうだね」

言うなり持参の匕首を抜き、すばやく男の股間《こかん》に突き刺す。

「ひぃぃぃぃっ」

男は絞められた鶏のような声を上げ、白目をむいて失神した。けれども、その股間は血に染まっていない。

「ひと思いにやったんじゃつまらない。嫌な思いをさせられた分、たっぷり楽しませてもらわなくちゃ」

鼠をいたぶる猫のように千吉が目を細める。そいつはちょっとやりすぎだろうと六助が言おうとしたときだ。

「もうそのくらいにしておきな」

余一に止められ、千吉は頬をふくらます。

「こういう男は性根なんか入れ替えないよ。あそこを切り取っておかないと、またぞろやり出すに決まっているって」

とはいえ、男のしるしを切り落とせば命も落としかねない。「殺しは御免だ」という余一の言葉に千吉は渋々従った。

「まったく、手ぬるいにもほどがある。下手《へた》な情けをかけるから、こういう小悪党が減らないんだよ」

文句を言う千吉のかたわらで、余一と六助は男を素っ裸にして厳重に縛り上げた。さるぐつわと目隠しをしたあとで、持参の木札を首に下げる。

「あとは町方が何とかしてくれるだろう」

「どうだか。案外うまいこと言いぬけて、罪を逃れるかもしれないよ」

「そのときこそ、おめぇの出番じゃねぇか」

すると千吉は眉を寄せ、匕首で男の髷を切り落とした。それから容赦なく男の尻を下駄の裏で蹴飛ばす。

「今日のところはこれで勘弁してやるよ。だが、またぞろおかしなことをすれば、どうなるかわかってるね」

男の首に下げた札には、「お参りに来る娘を犯しました」と書かれていた。

六

「菊の節句が過ぎたら、とたんに肌寒くなったなぁ」

「今年の秋は駆け足だぜ」

閑古鳥が鳴いていた柳原にも、このところの冷え込みで客が戻って来た。今が稼ぎ時だとばかり、六助の声にも気合が入る。

「その綿入れにはこの献上帯が似合いやすよ。せいぜい勉強しやすから」

「あいにく金がねぇんだ。遠慮しとくよ」

若い男はそう言いながらも、帯の手触りを確かめている。もう一息で買いそうだと六助は盛大に持ち上げた。

「今日は後《のち》の月《つき》ですぜ。おめぇさんのようないい男は吉原《よしわら》でももてるだろうが、擦り切れた帯を締めていちゃ台無しでしょう。こっちの献上をしていけば、敵娼《あいかた》も惚れ直すこと間違いなしだ」

「なに言ってんだい。俺が吉原になんざ行けるもんか。土手の夜鷹と筵の上で月を見るのがせいぜいさ」

今日、九月十三日は「十三夜」とも「後の月」とも呼ばれる。吉原では八月の十五夜に登楼すると、九月の十三夜も登楼しなくてはならない。でないと「片月見」と呼ばれ、女郎と見世に嫌われるのだ。

土手で古着を買う客が吉原で女郎買いなどするはずがない。それを承知で言っているのに、むこうは真に受けたらしい。何も買わずに「俺も捨てたもんじゃねぇな」と上機嫌で去って行く。骨折り損の六助は忌々しげに舌打ちした。

「へっ、おめぇみてぇなケチ野郎は土手の夜鷹もお断りだぜ」

こっそり悪態をついたとき、「あらまぁ、あんたはこの間の」と声がする。誰かと思って顔を上げれば、小網町の踊りの師匠、お蔦だった。

「土手の古着屋だったんだね。ひょっとして、あの振袖はここの売りものかい」

さも意外そうに言うのも無理はない。古着の中でも「柳原もの」は安物だ。総絞りの振袖なんて、場違いもいいところである。

「あれはその、少々訳ありの品でして」

「あらまぁ、そうなの。あの振袖が売りものなら、売って欲しいと思ったのに」

お蔦は残念そうに言い、それから笑顔で手を合わせた。

「そういえば、あの振袖のおかげで縁談がまとまりそうなんです。本当にありがとうございました」

愛嬌たっぷりのその顔はとても五十過ぎには見えない。六助の頭にふと其角《きかく》の句が浮かんだ。

「あの声でとかげ食らうかほととぎす、か」

「あら、ほととぎすがどうかした」

「い、いいえ、ほんの独り言で」

心の中で思った言葉が口からこぼれていたらしい。慌てて両手を振ったとき、師匠が厳しい顔になり、「あらまぁ」と呟いた。

「この藍染めはどこで手に入れたんです」

そのまなざしは吊《つ》るしてあったうさぎの袷に注がれている。六助は身構えた。

「なんでそんなことを」

「いいえ、あたしの弟子がそれとそっくりなきものを持っていたものですから。あの子はたいそう気に入っていて、進んで手放すとは思えないけど」

怪訝《けげん》そうな呟きに六助はごくりと唾《つば》を呑む。ここは知らぬ存ぜぬで突っぱねたほうがいいだろうか。返事をためらっていたら、師匠の困った声がした。

「ひょっとして、剛造さんが義理の悪い借金でもこさえたのかしら。おさよちゃんの縁談がうまくいきそうだっていうのに」

頬に手を当てて呟く師匠に六助は聞かずにいられなかった。

「師匠、おさよちゃんてのは」

「あたしの弟子ですよ。今夜、借りた振袖を着て見合いをすることになっているんです。そう言えば、振袖を持って行ったときもずいぶんやつれた様子だったし……見合いを嫌がったのはそのせいかしら」

心配顔のお蔦に六助は大声で言った。

「これは昔っからうちにある品でさぁ」

「あら、そうなの」

「おさよって娘がやつれていたのは風邪でもひいたからでしょう。このきものとは何の関わりもありやせん」

「だけど、あとで何かあったら」

「何もありゃしませんって。若い後添いのすることは、旦那の機嫌を取り持って跡継ぎを産むことだけだと師匠が言ったんじゃありやせんか」

六助の言葉にお蔦は一応納得したらしい。「見合いが終わったら、きものを返しに来ますから」と言って、腰を振りながら去って行く。六助は心の中で快哉《かいさい》を叫んだ。

まさか、見合いをする師匠の弟子がおさよその人だったとは。

佐賀町から小網町へは永代橋を渡っていける。おさよがお蔦の弟子であっても、何もおかしいところはない。一度縁談を断ったのは、男に襲われた自分では大店の御新造にふさわしくないと思い詰めたからだろう。

だが、余一に励まされた直後に師匠から振袖を見せられて、思い直したに違いない。金で身を売る夜鷹でさえ、惚れた男と所帯を持った。ならば、自分もしあわせになっていいはずだと思うことができたのだろう。

そもそも地蔵堂への闇詣りも、今度の縁談がうまくいくようお願いに行ったのではないか。縁結びのお地蔵様はひねくれたことをしなさるもんだ。勝手にあれこれ思いを巡らせ、六助は右手で顎をこすった。

それにしても、縁というのはおかしなものだ。おさよのきものが六助の手元に来なければ、そして夜鷹の振袖がおさよの手元に行かなければ、今回の縁談はきっと流れていただろう。

うさぎは前にしか進まないので縁起がいいとか、月のお使いだから「ツキを呼ぶ」とか言われている。菊は言うまでもなく邪気を払う高貴な花だ。どちらもはるか昔から、多くの女が好んで身に着けてきた柄である。

雲ひとつないこの天気なら、今夜は月がきれいだろう。青く澄んだ空を見上げ、六助はおさよのしあわせを祈った。

案外、人はきものを選んで着ているつもりで、きものに選ばれているのかもしれない。そのきものが一番似合う、必要としている人のところへ知らないうちに運ばれる。自分はその手助けをいつもさせられているようだ。

そんなことを思っていたら、隣の長吉が面白くなさそうな声を出した。

「女はいいよな。ちょっと器量がいいだけで、玉の輿に乗れるんだから」

いつもなら、「おめぇが女に生まれたって玉の輿には乗れねぇよ」と混ぜっ返すところである。けれど、六助は声を出すことができなかった。

女に生まれてしまったせいで踏みにじられる者もいる。先日、大川に上がった土左衛門だってと思いかけ、六助は急にひやりとした。

惚れた男に捨てられて、身を投げたのならまだましだ。おさよのように乱暴されて、身籠ってしまったのだとしたら……。

いずれにしても身籠らなければ、女は死なずにすんだろう。身体の汚れや穢れは落とせても、腹の中の命は自分の血も引いている。

そういえば、おさよに悪さをした大工はその後どうなっただろう。せっかく腕一本で暮らしていけるようになりながら、自ら身を持ち崩すとは。親がまだ生きていれば、さぞかし嘆いたに違いない。

やりきれない話だとため息をつきかけたとき、幼い女の子が歓声を上げて走って行った。

「いすず、ひとりで行っちゃ駄目」

母親らしき慌てた声が六助の耳に届いた刹那、

――……井筒屋《いづつや》には、近づけるな。

突然よみがえったのは、余一の親方のかすれた声……あれは息を引き取る前の晩だ。不眠不休で付き添っていた余一を無理やり休ませると、親方が荒い息の下で六助ひとりに言い残した。

恐らく、余一が休むのをずっと待っていたのだろう。伝え終わって安心したのか、親方は翌日の昼過ぎに息を引き取った。

死にゆく者から託された言葉をないがしろにした訳ではない。しかし、井筒屋は京の呉服問屋だから、余一が江戸にいる限り近づくことはありえない。おかげですっかり忘れていたのに、どうして今さら思い出す。

目の前では、母親に呼ばれた女の子が駆け戻ってきて笑っている。微笑《ほほえ》ましい姿を眺めながら、六助は嫌な胸騒ぎを感じていた。

星《ほし》花《はな》火《び》

一

「ずいぶんとありきたりだね。大隅屋《おおすみや》といえば五代も続く大店《おおだな》だろう。こんなものしかないのかい」

相手の不満そうなもの言いに綾太郎《あやたろう》の顔がこわばった。

商売をしていれば、客には文句を言われるものだ。いちいち腹を立てるほどこっちも子供じゃないけれど、今日はいささか事情が異なる。

「それとも、私にはこの程度でいいってことかい」

「おじさん、それは言いがかりです。お見せした反物《たんもの》は、うちでも特に上等な折紙つきの品ですよ」

「だが、駿河《するが》町にだって同じようなものはあるだろう。わざわざ大隅屋で誂《あつら》えた甲斐《かい》があると、ぜひ思わせて欲しいもんだね」

駿河町とは、その町内の大半を占める越後屋《えちごや》呉服太物《ふともの》店を指す。図抜けた広さを誇る店は江戸一番の品揃《しなぞろ》えで、羽織の一枚くらいならその場で仕立てることもできる。そういう店と比べられ、見立てを頼まれた綾太郎は奥歯を強く嚙《か》み締めた。

――倅《せがれ》のことでは世話になったし、私の冬物を見立ててくれないか。金に糸目はつけないから、これぞというものをお願いしたい。

はす向かいの菓子司《かしどころ》、淡路堂《あわじどう》の主人が店に来たのは、半刻（約一時間）ばかり前だろうか。今年は冷え込みが遅いせいか、綿入れの注文の出足が悪い。やれ、ありがたやと思いつつ値の張る品を勧めていたら、むこうの機嫌が傾いた。

「いくら私が年だからって、これじゃ気持ちが浮き立たない。もっと遊び心というか、洒落《しゃれ》っ気のあるものはないのかい」

そんなことを言われても、江戸っ子は押しなべて地味好みである。特に男は黒、茶、鼠《ねずみ》、紺がほとんどで、柄も女ほど多彩ではない。

何より、きものは着る人の懐具合や立場を表す。通《とおり》町に店を構える大名お出入りの淡路堂だ。奇をてらったものを勧めて恥をかかせる訳にはいかない。それは取りも直さず、そんなものを客に売った大隅屋の恥になる。

綾太郎が勧めたのは、濃い鼠の唐桟《とうざん》だった。裏は縹《はなだ》の真岡木綿《もおかもめん》、下着は海松《みる》色（黒っぽい青緑色）の分銅繋《ぶんどうつな》ぎにした。

大店の商人は好んで唐桟を着るものだし、裏に縹を持ってきたのもありきたりだったかもしれない。だが、縹裏と海松色は濃い鼠によく映えるし、唐桟が真《ま》っ直《す》ぐな縞《しま》だから下着には曲線の分銅繋ぎを持ってきた。

ろくに品を吟味もしないで「こんなもの」はないだろう。苛立《いらだ》つ綾太郎をよそに淡路堂は続けた。

「私だって人並みにきものは持っているからね。今さら、似たようなものを誂えようとは思わないよ」

「でしたら、お望みの色と柄をおっしゃってください。おじさんのご注文通りに白生地を染めます。それとも新しく織らせますか」

「色も柄も決まっていたら、見立ててくれなんて言いやしないよ。餅《もち》は餅屋というじゃないか。素人《しろうと》では思いつかない洒落た趣向を示しておくれ」

幼馴染《おさななじ》みの父親とはいえ、そういう言い方はないだろう。「世話になった」と言いながら、実は喧嘩《けんか》を売りに来たのか。

「では、いっそ紅絹《もみ》はいかがですか。花魁《おいらん》の腰巻にぴったりの、いい緋縮緬《ひぢりめん》があるんですが」

「遊び心と聞いて、すぐ出てくるのが緋縮緬かい。おまえさんはものの見方、考え方が通り一遍でいけないよ。そんなに頭が固くては、遠からず商いが先細る。若いうちこそ思い切ったことができないと」

開き直って嫌味を言えば、返って来たのはため息だった。大げさに肩を落とされて、綾太郎の頬《ほお》が引きつる。

「どうせ、あたしは無粋ですから」

「おや、御謙遜《ごけんそん》だね。あの西海《さいかい》天女が敵娼《あいかた》だと平吉《へいきち》から聞きましたよ」

西海天女こと西海屋の花魁、唐橋《からはし》は、吉原一の売れっ子である。その座敷で酒を飲むのは江戸の男の憧《あこが》れであり、綾太郎は何度か機会を得た。

だが、花魁との付き合いは決して色っぽいものではない。綾太郎が口ごもると、勧めた唐桟を手に淡路堂が呟《つぶや》いた。

「倅が吉原通いを始めたとき、これで一皮剝《む》けるかと期待したんだがね。女に金を貢ぐばかりで商いなんてそっちのけだ。正直、がっかりしましたよ」

「だから、平吉を切り捨てたんですか」

言ってはいけないとわかっていても、ここまで来たら止められない。非難めいた口ぶりに相手はかすかに眉《まゆ》を上げた。

「切り捨てたとは人聞きの悪い。身の立つようにしてやっただろう」

「平吉にしてみれば、捨てられたも同然でしょう。あいつに不満があるなら、もっと早く意見してやればよかったんです」

大店の跡取りはとかく誘惑が多い。婿養子の父の手前、自分は羽目を外さなかったが、いささか調子に乗り過ぎて口先だけの勘当をくらう輩《やから》は大勢いる。

一方、平吉は誰からも咎《とが》められずに吉原通いを続けた挙句、いきなり婿入りが決まってしまった。

「やり直す機会も与えずに追い出すなんてあんまりです。そんなにお三和《みわ》ちゃんを手放したくないんですか」

――あいつも十六になったことだし、金食い虫の不肖《ふしょう》の兄はさっさと出て行ってやらないと。

妹のお三和は、どんな菓子でも一度食べれば材料がわかるらしい。その鋭敏な舌を生かして新しい菓子の考案もしているとか。平吉は笑っていたけれど、さぞ情けなかったことだろう。

いずれお三和が婿を取れば、実家の敷居はますますまたぎづらくなる。本来自分がいるべきところに赤の他人が座っているのだ。婿入り先でどれほどつらい思いをしても、逃げ帰ることは難しくなる。

　いくら何でも薄情でしょうと綾太郎が訴えれば、

「おまえさんは誤解をしている。私はお三和に店を継がせたくて、平吉を婿にやったんじゃない」

「それじゃ、どうして」

「無論、平吉自身のためだ」

　真顔で断言されたって信じることなどできなかった。婿養子の立場の弱さは、実の父を見て知っている。冷ややかなまなざしを受け止めて、淡路堂が顎《あご》を撫《な》でた。

「平吉には淡路堂を背負うだけの甲斐性がない。あいつに跡を継がせれば、いずれ店を潰《つぶ》してしまう。私はそれを見越しただけだ」

「そんなの、やってみなくちゃわからないでしょう！」

　平吉はお調子者だけれど、決して愚鈍な男ではない。顔だってやさしげな二枚目だから、菓子司の主人向きだ。目を怒らせて嚙みつくと、幼馴染みの父親は「それじゃ困る」と首を振った。

「やってみて『できませんでした』では、取り返しがつかないんだ。第一、見た目で主人が務まるほど菓子商いは楽ではないよ」

ためらうことなく言い切られ、とっさに二の句が継げなくなる。沈黙を了解と取ったのか、淡路堂がわずかに目元を緩めた。

「うちがお武家なら、平吉に跡を継がせたろう。惣領《そうりょう》が継ぐと決まっているし、当主の出来が悪くたってめったなことでは潰れない。けれども、うちは商人だからね。主人の才覚次第で店の今後が決まってしまう」

淡路堂ほどの大店が潰れれば、奉公人はもちろん、仕入れ先だって痛手を被る。代々続く商家ほど婿養子が多いのも事実だった。

「それに店を潰した主人くらい憐《あわ》れな者はないからね。住むところをなくし、借金取りに追われ、人目を忍んで生きていく……我が子にそんな暮らしをさせたいと思う親はいやしない。平吉だって納得して杉田屋《すぎたや》の婿になったんだ」

「だけど、平吉は二十四です。あいつのためだというのなら、慌てることはなかったでしょう」

杉田屋は大きな薬種問屋だが、平吉は二度目の婿になる。人のお下がりをあてがわれ、うれしかろうはずがない。

惣領息子が残っていれば、お三和の婿取りの邪魔になる。口では「平吉のため」と言いながら、本音はそっちの都合じゃないか。

騙《だま》されないぞと睨《にら》みつけたら、

「倅を思ってくれるのはありがたいが、綾太郎さんだって来月には結納だろう。大隅屋の六代目として覚悟のほうはできたのかい」

一瞬返事に詰まったものの、すぐに胸を突き出した。

自分は父に叱《しか》られながら店の手伝いを続けてきた。親の魂胆も知らないで、呑気《のんき》に遊び歩いていた平吉とは違うのだ。

「うちはあたししか子供がいませんから。大隅屋を継ぐ覚悟なら、とうの昔にできていますよ」

「なるほど、頼もしいことだ。ところで、今着ているきものだが」

急に話を変えられて、慌てて自分のきものを見る。今日は当世茶《とうせいちゃ》（黄色がかった赤褐色）の結城《ゆうき》の上に同色の縞の羽織を着ていた。

それがいったい何だというのか。

「どこかおかしいですか」

「その逆だよ」

値踏みするような相手の目つきに綾太郎はますますとまどう。淡路堂は嘆かわしいと言わんばかりに眉間《みけん》を押さえた。

「呉服屋の跡取りなんだから、もっと工夫してごらん。奉公人じゃあるまいし、若旦《わかだん》那《な》のお仕着せを着なくたっていいだろう」

今までいろいろ言われたけれど、これが一番癇《かん》に障った。若旦那のお仕着せというのなら、紺の上田縞ではないか。そんなことも知らないくせにえらそうなことを言わないでくれ。

言い返したいのはやまやまだったが、相手は一応客である。歯を食いしばって黙っていれば、淡路堂が話を続ける。

「綾太郎さんは若い娘にきものの見立てを頼まれているというから、楽しみにしていたんだが……月並みなものばかり勧めていると、いずれ客に飽きられるよ」

「お言葉ですが、あたしはあえて月並みなものを勧めているんです」

語気が荒くならないよう、低い声でゆっくりしゃべる。「その理由をうかがいたいね」と淡路堂が言った。

「流行《はやり》ものや派手なものは長く着るのが難しいので」

「それのどこが悪いんだい。一枚のきものを後生大事に着られたら、おまえさんたち呉服屋が困るだろう」

「きものは身に着ける財産です。子や孫に譲ることもあれば、質草にすることだってある。昔からある色柄のほうが、値打ちが下がらないんですよ」

無論、客が着たいと言えば反対はしない。しかし、「どれがいいか」と尋ねられたら、誰もが知っているものを勧める。綾太郎の説明に淡路堂が鼻を鳴らした。

「それそれ。そういう考えがいけないんだよ」

「どうしてです」

「きものも菓子も実用一辺倒じゃ売れやしない。めずらしい、おもしろいと客に思ってもらえないと」

したり顔で言われても反感しか覚えなかった。食べたらそれきりなくなる菓子と、きものを一緒にしないで欲しい。綾太郎は息を吐き、気持ちを静めようとした。

「初代が晩年に売り出した『千鳥餅《ちどりもち》』が大当たりを取り、うちの店は大きくなった。二代目は『鈴落雁《すずらくがん》』や『淡路最中《あわじもなか》』を世に送り出した。三代目のあたしは『星花火』という今までにない羊羹《ようかん》を作り上げた。商売を続けていくためには、常に新しいものを生み出す心意気が必要なんです」

すかさず始まった相手の自慢に畳をかきむしりたくなってしまう。

実は、羊羹の「星花火」は綾太郎の好物である。黒い練羊羹の表面に白い砂糖粒が星か花火のように散っていて、「その見た目から『星花火』と名付けられた」と平吉から聞いている。

けれど、金輪際食べるもんかと心の中でこぶしを固める。「星花火」に限らず、淡路堂の菓子は今後一切お断りだ。

「役者だってそうだろう。大和屋《やまとや》の演じる八百屋《やおや》お七《しち》が評判になったのは、今までにない浅葱《あさぎ》色の鹿《か》の子《こ》絞りで演じたからだ」

「あれは、きもののせいで評判になったんじゃありません。半四郎《はんしろう》の芝居がよかったから、きものが評判になったんです」

さすがに聞き捨てならなくて、綾太郎が異を唱える。

数年前、河原崎《かわらざき》座で岩井《いわい》半四郎が八百屋お七を演じた。その際着ていた浅葱の地に麻の葉柄の鹿の子絞りが評判を呼び、江戸中の女が競うように浅葱色の「半四郎鹿の子」を買い求めた。それまで鹿の子絞りといえば、紅絹《もみ》がほとんどだったのだ。

「ですが、今ではずいぶん下火になりました。浅葱色の鹿の子絞りは、火事場のお七が着たからこそ目に鮮やかだったんです」

埃《ほこり》っぽい町中とは事情が違う。強い調子で言ったところ、相手はなぜか苦笑した。

「柔らかいものを売っている割に頭のほうは固いねぇ。それじゃ今日は失礼しよう。私が気に入りそうなものがあったら、ぜひとも声をかけておくれ」

そういうそっちは菓子屋のくせに、言うことが全部からいじゃないか。綾太郎は心の中で淡路堂に舌を出した。

二

「ちょいと出かけてくる」

淡路堂が帰るなり、綾太郎は店を出た。

今はとても客の前で笑顔を作れる心境ではない。はずみで余計なことを言ったら、今後の商いの障りになる。まずは頭を冷やそうと歩き出してみたものの、激しく波立った心はたやすく凪《な》いでくれなかった。

——やってみて『できませんでした』では、取り返しがつかないんだ。

さもえらそうに言っていたが、親というのは押しなべて自分のことを棚に上げる。やってみなくちゃわからない。それが商いというものだ。

どんなに真面目《まじめ》にやっていたって、ある日突然「奢侈《しゃし》禁止」のお触れが出たり、手ごわい商売敵が現れたり、奉公人に裏切られたり……果ては、大名旗本に払いを踏み倒されたりする。

先月潰れた米沢町の小間物屋、紫屋《ゆかりや》だってそうだ。大名屋敷で婚礼があり、鼈甲《べっこう》や珊瑚《さんご》の櫛《くし》かんざし、金銀蒔絵《まきえ》の鏡台を滞りなく納めたものの、無事輿入《こしい》れがすんだというのに金を払ってもらえない。盆が過ぎても払ってもらえず何度も屋敷に掛け合ったが「ない袖は振れない」と居直られ、三代続く大事な店を手放さざるを得なくなった。

高価なものは利が大きい分、踏み倒されたらおしまいである。

大隅屋は越後屋と違い、すべてが「現金掛け値なし」という訳ではない。一見《いちげん》の客には現金払いを求めるけれど、長年の得意先は掛け売りが多い。高価なものをまとめて買ってもらうがゆえに「現金払いでお願いします」と面と向かって言いかねる。特に武士の場合は、年貢や蔵米の入る時期が決まっている。さまざまな事情が重なって店が傾いてしまうのは、主人のせいと言えないだろう。

かくなる上は、淡路堂に一泡吹かせてやらなくては気がすまない。あっと驚く趣向を考え、目の玉が飛び出るほど高いきものを売りつけてやる。

鼻息荒く決心したとき、「大隅屋の若旦那」と女の声で呼び止められた。誰かと思って振り返れば、淡路堂の女中と共にお三和が立っている。間の悪いことだと思いつつ、綾太郎は返事をした。

「お出かけかい」

「お嬢さんのお花のお稽古《けいこ》なんです。いつもはお師匠《つしょ》さんが来てくださるんですが、足を痛めてしまわれて」

供の女中の口上に「そうなのかい」と軽くうなずく。お三和は女中の後ろに隠れ、頑《かた》なに口をつぐんでいた。往来でつんけんするのもみっともないと、綾太郎は強いて笑みを浮かべる。

「柑子色《こうじいろ》（薄めの橙《だいだい》色）のきものが秋らしくていいね。お三和ちゃんは色白だから、明るい色がよく似合う」

ひとまず着ているものをほめれば、お三和は下を向いてしまった。

そんなに口を利きたくないなら、呼び止めなければいいものを。むっとしたのが顔に出たのか、女中が慌てて口を挟んだ。

「お嬢さん、お師匠さんがお待ちですよ。若旦那、お呼び止めして申し訳ございませんでした」

「ああ、いいよ。気を付けてお行き」

綾太郎に一礼して、女中とお三和は去っていく。金糸を使った豪華な帯が細い身体《からだ》に重たげだった。

あの引っ込み思案の娘のせいで平吉は家を追われたのか。お三和が悪い訳ではないと頭ではわかっているものの、挨拶《あいさつ》ひとつできない相手に苦い思いが込み上げる。どれほど舌が肥えていようと、あれでは婿が苦労する。さては、親はそれを案じてお三和を家に残したのか。

そういえば、許嫁《いいなずけ》のお玉《たま》だってお三和とひとつしか違わない。変わっているという噂《うわさ》だけれど、お三和みたいだったらどうしよう……にわかに不安が込み上げたが、考えるのをやめにした。

大隅屋の奥には新たな住まいが普請され、いつもは家にいない母もあれこれ口を出している。今さら不都合が生じたところで、やめる訳にはいかないのだ。

——本当は娘が欲しかったの。

家付き娘の母のお園《その》は昔からそう言っていた。ただし深い意味はなく、娘にいろんなきものを着せて遊びたかっただけらしい。祝言が終わり次第、お玉を連れて回ろうと楽しみにしているようだ。

父は祝言に誰を呼ぶかで、さんざん頭を悩ましている。

——今度の祝言は、六代目であるおまえの披露目だ。大隅屋の跡取りにふさわしい立派なものにしなくては。

老舗《しにせ》の大店も主人次第で店は傾く。商売敵はもちろんのこと、付き合いのある商人だって、若主人の人となりを油断なく見ているものだという。――代替わりした直後は足元を見られやすい。場合によっては、盆暮れの節季払いを月払いにして欲しいと言われることもある。

数日前、父から厳しい話を聞いて綾太郎は不快になった。昔から知っている人たちに試される日がくるなんて。そんな思いがあればこそ、淡路堂の言葉はことさら胸に刺さった。

「思い切ったこと、か」

そんなものは追い詰められて、切羽詰まってするものだ。大隅屋は五代続いた老舗であり、付き合いの長いお得意も多い。無謀な商いをしなくても、先祖の築いた信用を守っていけば十分だ。軽はずみな真似《まね》をするから、人は火傷《やけど》を負うのである。

黙々と歩いているうちに日本橋を越えて室町に入る。奥の駿河町に足を向ければ、いつもの喧騒《けんそう》が聞こえてきた。

「伺いましょう、伺いましょう。御用を伺いましょう」

「はい、毎度ご贔屓《ひいき》に。お待たせしてあいすみません」

「ありがとうございました。またどうぞお近いうちに」

「傘のお返しでございますか。わざわざありがとうございます。上方から届いたばかりの極上品がございますので、どうぞ見ていってくださいまし」

駿河町通りの両側には、呉服を扱う越後屋江戸本店と太物を商う向店が建っており、どちらも押すな押すなの繁盛ぶりだ。

噂によれば、越後屋には八百名近い奉公人がいるらしい。そこへ大勢の客が詰めかけ、思い思いのことを言う。その騒ぎたるや凄《すさ》まじく「駿河町　畳の上の人通り」と川柳にも詠《よ》まれるほどだ。

間の道のかなたには、富士のお山が浮かんでいる。ここが駿河町と呼ばれるのは、日本一の富士山がよく見えるからだという。秋晴れの青い空の下、並ぶものなき頂がことさら白く輝いていた。

秋の訪れが遅いとはいえ、今日は九月十五日だ。天に近い高嶺《たかね》にはすでに雪が降ったらしい。そういえば、普請を頼んだ棟梁《とうりよう》は「本物の富士に登った」ことが一番の自慢の種だった。

――江戸から富士がよく見えるんで、むこうから江戸が見えるだろうと思って登ってみたんでさぁ。ところが周りは雲ばかりで、ちっとも見えやしませんでした。

得意顔で言われたときは何も感じなかったのに、今になってなるほどと思う。こちらからはっきり見えていても、むこうから見える訳ではない。

——綾太郎、おまえは大店の若旦那でなくなった自分の姿を想像できるかい。

そしてふと、平吉に言われた言葉を思い出した。

あのとき、幼馴染みは「貧乏暮らしなど考えられない」というつもりで言ったはずだ。けれども、今は「親の跡を継いで、主人となった自分を想像できるか」と問われている気になった。

幸い父は元気だが、十年後はわからない。父が元気でいるうちに、大隅屋を背負って立てる立派な商人にならなくては。そんなことを考えながら今川橋を通り過ぎ、数歩先に進んだところで余一の姿を見つけてしまった。

なんで、あいつがこんなところに……綾太郎は目を見開き、今いる場所を思い出す。ここは余一の住む白壁町《しらかべ》から目と鼻の先である。

ささくれだった気分のときにあの男とは会いたくない。引き返そうと思った刹那《せつな》、不意に余一がこっちを見た。居たたまれずに駆け出せば、右の草履の鼻緒が切れて綾太郎はすっころぶ。

「大丈夫ですかい」

見かねたらしい余一が足早に近寄ってくる。綾太郎は起き上がり、八つ当たりを承知で怒鳴りつけた。

「あたしが転んだのは、おまえさんがこんなところにいたせいだよ。この汚れたきものを何とかしておくれ！」

「ひとまず、こいつに着替えてくだせぇ」

櫓《やぐら》長屋で差し出されたのは、余一のきもののようだった。貧乏人のことだから、裏に継ぎがあたっている。それは仕方がないけれど、裄《ゆき》や丈が思った以上に余るのがことさら癇に障った。

なかなか恰好《かっこう》がつかなくてこっちが苦労している間に、余一は切れた鼻緒を直し、洗ったきものを干して戻ってきた。

「汚れは落ちやしたが、綿入れはすぐに乾きやせんぜ」

「大隅屋の跡取りがこんな恰好で出歩けるもんか。きものが乾くまで、あたしはここで待たせてもらうよ」

「仕事の邪魔になるんですが」

「おまえさんだって、あたしの仕事を邪魔しに来たことがあるじゃないか。忘れたとは言わせないよ」

あれは四月のことだった。「お糸ちゃんに手を出すな」と店まで押しかけて来たことを言えば、余一の眉間にしわが寄った。

「それで、あれからどうなったんだい。あたしはおまえさんに言われた通り、手を引いてやったんだ。おかげでこうなりましたと教えるのが筋じゃないか」

「そういう若旦那はひと月後に結納でしょう。こんなところで油を売っていていいんですか」

「それこそ余計なお世話だよ」

歯をむき出して答えてから、思いついて聞いてみた。

「おまえさんなら、大店の主人にどういうきものを勧める？」

「いきなり何です」

「だからさ、五十くらいの大店の主人に『金に糸目はつけないから、冬物を見立てて欲しい』と言われたら……やっぱり、高くて無難な品を勧めるだろう」

安いものは失礼だし、奇抜なものは年齢にそぐわない。同意を求める綾太郎に余一はとことんそっけなかった。

「おれは古着の始末屋だ。そういう相談はお門違いでさ」

「ごまかそうったってそうはいかないよ。西海屋の振袖新造《ふりそでしんぞう》にきものを見立ててやったじゃないか。あたしはちゃんと知ってんだから」

眉をつり上げにじり寄ったが、相手はまるで悪びれない。

「振袖新造のきものは見立てても、金持ちのきものは見立てやせん」

平然と言い返されて、ますます怒りが湧《わ》いてくる。どうしてこの男はこちらの気に障ることしか言えないのだろう。

「おまえさんは金持ちに恨みでもあるのかい。何かといえば、突っかかってさ」

「そういうそっちは金、金と誰よりもうるさく騒ぐじゃねぇか。金には縁のねぇおれにどうしてちょっかい出しやがる」

「仕方ないだろう。こっちは商売なんだから」

「そっちの商売がどうなろうと、こっちの知ったこっちゃねぇ」

なまじ顔が整っている分、睨《にら》まれるとおっかない。それでも何とか睨み返して、綾太郎は言い返した。

「それこそケチな了見だね」

「なにっ」

「金があればあったなりの苦労ってもんがあるんだよ。あたしが金にこだわるのは、店を守るためなんだ」

店が潰れれば、主人ばかりか奉公人も困る。逆に店が大きくなれば、給金をはずむこともできる。

「見栄っ張りの江戸っ子は、金に執着する奴を見下すけどね。あたしたち金持ちは大勢の暮らしを背負って生きているんだよ。自分の食い扶持《ぶち》しか考えない貧乏人とは立場が違うんだっ」

唾を飛ばして訴えると、余一は呆気《あっけ》にとられている。この際、もっと言ってやろうと綾太郎は勢いづいた。

「挙句、客からは工夫がないだの、ありきたりだの、言いたい放題言われてさ。おまえさんは知ったこっちゃねぇときた。わかっているとは思うけど、どんなきものだって最初はまっさらな新品だよ。古着だろうが、仕立て下ろしだろうが、きものに変わりはないじゃないか！」

頭で考えるより先に口がひとりでに動いてしまう。言い終えて息を吸ったとき、余一がぷっと噴き出した。

「若旦那の口からそんな言葉を聞くたぁ思わなかった」

めったに笑わない相手に笑われ、綾太郎は赤くなる。

そういえば、新しいか否かできものを区別していたのは、むしろ自分のほうだった。

気まずくなってうつむけば、いきなり余一に尋ねられる。

「その大店の主人ってなぁ、どんなお人です」

天邪鬼《あまのじゃく》な職人は話を聞く気になったらしい。綾太郎は気を取り直し、淡路堂をこき下ろした。

「……という訳で、半四郎鹿の子を引き合いに出して、『月並みなものばかり勧めていると、いずれ客に飽きられるよ』と自慢たらたら言われてさ。そのときだけの流行ものより、昔からあるもののほうが長く着られるのに」

「若旦那の気持ちはわかるが、むこうの言うことも一理ありやす」

まさかの発言に綾太郎はいきり立つ。

「おまえさんは『着てこそきものだ』とよく言っていたじゃないか。すたれちまった流行ものは簞笥《たんす》の肥やしになるだけだよ」

「だが、職人は新しい工夫をしてみたいと常に思っているもんでさ。変わったものが欲しい、他人と違うものがいいと言ってもらえるのはありがてぇ。それに、若旦那も言ったでしょうが」

「何を」

「どんなきものも最初《はな》は新しかったって。だったら、昔からある織りや柄も初めは流行ものだったはずだ。それが多くの人にもてはやされて、いつしか見慣れたものになった。そうじゃありやせんか」

揚げ足を取られる恰好になって綾太郎は唇を噛む。やっぱり、この男は自分と相容《い》れないらしい。

「どいつもこいつもあたしのことを虚仮《こけ》にして。どうせ、あたしは頭が固くて先細りしそうな男だよ！」

綾太郎は余一に借りたきもののまま、櫓長屋を飛び出した。

三

息を切らせて大隅屋に戻ったとたん、綾太郎は父に大目玉をくらった。

「淡路堂さんを怒らせた上に、そんな恰好で出歩くなんて。大隅屋の跡継ぎだという自覚はあるのか」

頭ごなしの叱責《しっせき》に綾太郎はそっぽを向く。父は大仰に頭を抱えた。

「おまえのことだ。どうせ私が祝言の支度に追われ、商いを脇にしているとでも思っているんだろう。だが、この祝言は商いの上でも大事なんだぞ」

「それくらいわかってるよ」

「いいや、おまえはわかっていない。桐屋《きりや》のお嬢さんは本両替商、後藤屋《ごとうや》の孫娘だ。今度の祝言は、大隅屋の跡継ぎが後藤屋の孫を娶《めと》ったと世間に知らしめる場なんだぞ」

　厳密に言えば、大隅屋だって後藤屋の遠縁にあたる。とはいえ、血のつながりはないも同然だから、孫娘を嫁にする意義は大きい。

　商いでもっとも肝心なのは金と信用だ。その二つを後藤屋は誰よりも多く持っている。それは承知しているけれど、

「後藤屋なんかに頼らなくても、あたしが大隅屋を守ってみせるよ」

　負けず嫌いの唇から強気な言葉が勝手に飛び出す。

　自分はだらしない平吉とは違う。淡路堂が難くせをつけたのも、自分のような跡継ぎのいる大隅屋が妬《ねた》ましかったからだ。

「本気でそう思っているのか」

　渋い顔で尋ねられ、綾太郎はうなずいた。

「あたしはもう何年も店の手伝いをしているもの。商いのことなら、何でも承知しているって」

「では、京の呉服問屋が米沢町に江戸店を出すことを知っているか」

寝耳に水の話を聞かされ、綾太郎は目をしばたたく。言われてみれば数日前、通りすがりに紫屋が取り壊されているのを見た。

広小路に面した米沢町は江戸でも指折りの繁華な場所だ。料亭でもできるのかと思っていたら、京の呉服問屋とは。

「下りものをありがたがるのは酒に限った話じゃない。これが京風だと言われれば、その気になる江戸っ子は多いだろう」

「でも、うちはお得意様が多いもの。今頃下ってきた上方商人に後れを取ったりしやしないよ」

浮かない顔の父親に明るく言ってみたけれど、言葉は返ってこなかった。

大伝馬町《おおでんまちょう》の大丸《だいまる》や通町の白木屋《しろきや》だって京商人の江戸店である。そこで働く奉公人は本店で雇い入れられるため、呉服屋の手代や小僧は上方なまりがめずらしくない。

一方、大隅屋は初代が担ぎ商いから身を起こし、三代目が通町に今の店を建てたという。奉公人は江戸近在の百姓の倅や行商人の子が多く、呉服の大店としては数少ない江戸っ子の店である。

「今は料理や化粧だって、江戸前が流行《はや》っているじゃないか。江戸っ子の好みは上方とは違う。心配しなくても大丈夫だよ」

「江戸っ子は見栄っ張りで飽きっぽく、噂と流行ものにすぐ飛びつく。それくらいのことはむこうだってお見通しだ。いきがるのは口先だけということもな」

「おとっつぁん」

苦々しげに呟かれ、綾太郎は口ごもる。

花のお江戸はその大半を武士と僧侶《そうりょ》が占めている。その日暮らしの者も多く、そういう連中は「宵越しの金は持たねぇ」というより、「持てねぇ」のが現実だ。ゆえに町人が担う商いの中心は京、大坂だと言われている。

「うちは問屋といっても、今では小売の扱いが大きい。おまえに店を譲る前に卸《おろし》はやめるつもりだよ」

「どうして卸をやめるのさ」

大隅屋が卸を始めたのは、通町に店を開いた三代目のときである。小売だけにするなんてご先祖様に申し訳が立たない。綾太郎の訴えに父はいっそう顔をしかめた。

「三代目のときとは事情が違う。今なら卸をやめても、産地からじかに仕入れができる。それをすべて小売にすれば、儲《もう》けも大きくなるだろう」

「そんなことをしたら、うちから仕入れている店が困るじゃないか」

店が仕入れをするときは節季払いがほとんどだ。しかし、それは長い付き合いと信用があるからできることだ。新しい問屋から仕入れれば、割高になったり、現金払いを求められるに違いない。

「おまえがそういう性分だから、私は問屋をやめたいんだ」

「どういうことさ」

「一昨年の暮れに、取引のあった呉服屋が潰れただろう」

「松原屋《まつばらや》さんのことかい。もちろん、覚えているけれど……まさかそのときの貸し倒れが元で、大隅屋の身代が傾いているんじゃないだろうね」

顔色を変えて問いただすと、父はかすかに苦笑する。

「そんなことになっていたら、嫁取りなんてできやしない。桐屋さんの目は節穴じゃないんだぞ」

「だったら、どうして」

「そこの主人が去年の正月、大隅屋に乗り込んで来ただろう」

そのときのことなら、よく覚えている。正月だというのに薄汚れた恰好で月代《さかやき》も伸び放題、まるで貧乏神のような出《い》で立《た》ちで周囲の客を驚かせた。挙句、人前で喉《のど》も裂けよと叫んだのである。

――うちが潰れたのは大隅屋のせいだ！　ここの主人は義理も人情もない、最低の守銭奴だぞ。

すぐに手代が三人がかりで店から追い出したものの、仕事初めにケチがつき、たいそう気分が悪かった。

「自分の不始末を棚に上げてうちの悪口を言うなんて。そういう了見だから、親からもらった身代を早々に潰すのさ」

松原屋の主人は跡を継いでから三年しか経《た》っていなかった。売り上げを伸ばそうとして掛け売りを増やし、帳面上の売り上げは増えたが、手元の金が苦しくなった。父はそれを察して、「今回の仕入れは現金でお願いしたい」と申し出たのである。

「むこうにすれば、私に引導を渡されたようなものだ。恨まれても仕方がない」

「おとっつぁんは、むこうの金箱がカラなのを見透かしただけだろう。うちを恨むなんて筋違いだよ」

「そうとも言えないだろう」

「どうして」

「あと半年待ってくれれば、金は必ず回収できる。そのとき、まとめて払うからと何度も懇願されたんだよ」

松原屋の主人のことは子供の頃から知っていた。少々短気なところはあったが、真面目で商売熱心だった。その場しのぎの口から出まかせを言うような人物ではない。それは重々承知の上で、「耳を貸さなかった」と父は言った。

「松原屋さんはそのつもりでも、客や奉公人の心の中まではわからない。悪いときには悪いことが重なって起こるものだからね」

近頃は以前にも増して武家の金払いが悪い。

それに松原屋の奉公人は、店の内証が苦しいことを知っている。先のことに不安を覚え、掛け取りの金を持ち逃げすることも考えられる。

「私が手代だった頃、松原屋の先代にはいろいろ力を貸してもらった。それでも、私は見捨てたんだ。たとえ非情と言われても、大隅屋を守ることが一番だから」

父はそう言ってから、一呼吸置いて綾太郎に尋ねた。

「おまえにそんな真似ができるかい」

「それは」

「半年待ってやったとしても、大隅屋が潰れる訳じゃない。だが、断れば相手の店は潰れる。それを承知で突き放すんだぞ」

強い調子で念を押され、綾太郎は身を固くした。

──やってみて「できませんでした」では、取り返しがつかないんだ。

淡路堂が言ったのはこういうことなのだろう。うまくいくか、いかないか、五分五分では困るのだ。

たまらなくなって目をそらせば、父の言葉が追い打ちをかけた。

「私は、大隅屋が自分の店だと思ったことは一度もない」

いくら婿養子でも、そこまで卑屈にならなくたっていいじゃないか。綾太郎が眉を寄せれば、意外な言葉が後に続いた。

「代々の主人から一時お預かりしただけだ。先代が隠居されたとき、五代目孫兵衛《まごべえ》の名と共にな。それをおまえに引き継がせるのが私の役目と思っている」

大隅屋の当主は代々「孫兵衛」を名乗ることになっている。それは初代への敬意というより、「この身代は先祖からの預かりものだ」と肝に銘じるためだったのか。

──それに店を潰した主人くらい憐れな者はないからね。住むところをなくし、借金取りに追われ、人目を忍んで生きていく……我が子にそんな暮らしをさせたいと思う親はいやしない。

父が自分に厳しいのも、我が子を思えばこそだった。

「おまえも暮れには嫁を取る。いずれは子供も生まれるだろう。その子に大隅屋を引き継いでやりなさい」

「おとっつぁん」

「自ら起こした店ならば、どうしようと勝手だろう。しかし、どんな大商人でも一代では辿《たど》り着けない高みがある。越後屋だって初代の力だけであそこまで大きくなったんじゃない。本町一丁目の間口九尺（約二・七メートル）の店から、気の遠くなるような時を経て、今の駿河町になったんだ」

「わかりました」

ごもっともな例《たと》えに小声で返事をすれば、父に肩を叩かれる。

「手ごわい商売敵は今後ますます増えるだろう。これからが踏ん張りどころだと肝に銘じておきなさい」

その手が離れていったあとも肩には重みが残った。

――綾太郎、おまえは大店の若旦那でなくなった自分の姿を想像できるかい。

平吉の言葉を思い出し、綾太郎はため息をつく。そして、はたと気が付いた。

「稼ぐのが大変なら、無駄遣いをしなけりゃいいんだ。おとっつぁんが言えないのなら、あたしがおっかさんに言ってやるよ」

根っからお嬢さん育ちの母は、金が勝手に湧いてくると思っている節がある。着るもの、見るもの、食べるもの、すべてに金をかけまくる。痛いところをつかれたのか、父が急に咳《せ》き込んだ。

「今度の祝言だって金をかけ過ぎだよ。桐屋の娘は変わり者だというから、そんなに派手にしなくても」

「お園のことはともかく、祝言は盛大にやるべきだ。みみっちい真似をすれば、大隅屋の身代が傾いていると噂される。それに桐屋の御新造さんは後藤屋のひとり娘だぞ。とびきり豪勢な嫁入り支度をしているに決まっている。こちらの支度が貧相だったら、先方に失礼じゃないか」

言われてみればその通りで、綾太郎は口をつぐむ。父は我が身に言い聞かせるように呟いた。

「大隅屋はずっと信用第一でやってきたが、今後は新しい工夫も必要になるだろう。厳しい世の中になったものだ」

自分だけは大丈夫だと勝手に思っていたけれど、今立っている足元は盤石《ばんじゃく》なものではなかったらしい。その危うさに気付いたとたん、綾太郎は手足の先から熱が奪われるような気がした。

「情けない顔をするな。おまえの後ろには後藤屋さんがついている。私だってあと十年は踏ん張れるから」

こちらの不安を感じたのか、父が大きな声を出す。それは「おまえひとりでは心もとない」と言われているのと同じことだ。

父が部屋から出て行ったあと、余一に借りたきもののまま綾太郎は寝転がった。はずみで部屋の隅にある紫の座布団が目に入る。

座布団は君を思ひし我が心
裏も表もないとこそ知れ

許嫁からの贈物が座布団だと知ったときは、噂通り変わった娘だと思った。それから添えられた文を読み、おかしな娘だと噴き出した。

「むこうは不安じゃないのかな」

昼間たまたま出くわしたお三和の頼りない姿が頭をよぎる。

お玉は生まれ育った家を出て、大隅屋に嫁いでくる。親同士が勝手に決めた、顔も気性もろくに知らない男のところへ。

自分の両親は元気だし、顔見知りの番頭や手代がいる。それでも不安で仕方がないのに、お玉はひとりで平気なのか。

「裏も表もない、か」

もらった座布団を手に取って、そのままひっくり返してみる。

自分はこの座布団のようにお玉を受け止めてやれるだろうか。綾太郎は切なくなって、大きな座布団を抱え込んだ。

四

泣いても、笑っても、朝が来て、夜が来る。

五日後、余一は綾太郎のきものを手代にあずけて帰ってしまった。

「どうせなら、貸したきものを持って帰ってくれればいいのに。本当に気が利かないんだから」

ぶつぶつ文句を言いながら綾太郎は風呂敷《ふろしき》を開く。

そして、眉をつり上げた。

「あの野郎、また勝手なことを」

我知らず言葉が漏れたのは、自分のきものが余一の手で始末されていたからだ。当世茶の結城の裏は無地の縹だったのに、今は納戸《なんど》色の仲蔵縞《なかぞう》になっている。きものの裏に柄物を使うのは遊び人か通人くらいだ。それに仲蔵縞は自分が生まれる前に亡くなった人気役者の中村《なかむら》仲蔵ゆかりの柄で、近頃はあまり見かけない。

こんな時代遅れな柄を無断で裏に使いやがって。さては、あたしが時代遅れだという当てこすりか。

「おまえなんかに何がわかるっ」

怒りにまかせてきものを投げ捨て、しばらくしてから我に返った。

あの余一が嫌がらせのためだけにきものの始末をするだろうか。綿入れの裏を付け替えるのはそれなりに手間がかかるはずだ。

そういえば前に会ったとき、自分は半四郎鹿の子の話をした。だから、役者由来の柄をきものの裏に使ったのか。だとしたら、この柄を選んだのにはそれなりの理由があるのでは……。

ひとりでいくら考えても適当な答えは見つからない。そこへ、めずらしく母のお園がやって来た。

「綾太郎、母屋の襖《ふすま》も張り替えたほうがいいかしら」

「そんな必要はありませんよ」

「でも、祝言のときは大勢のお客様がいらっしゃるんでしょ。畳を替えるなら、襖だって新しくしたほうがいいと思うの」

お嬢さん育ちの母の頭に「倹約」という文字はない。もっとも以前の自分なら、母に同意しただろう。

「畳を替えるから、襖は替えないんです。金がかかりすぎるでしょう」

「あら、嫌だ。うちはいつから貧乏になったの」

本気で驚いているのがわかり、綾太郎は慌てた。

「いえ、別にそういう訳じゃ」

「だったら、襖も替えましょうよ。今は普請が少ないらしくて、すぐにやってくれるんですって」

最初《はな》からこっちの意見を聞く気がないなら、好きなようにすればいい。うんざりしながらうなずいたとき、母が目を丸くした。

「おまえにしては変わった裏を付けたものね。仲蔵縞なんてなつかしいこと。どうしてこの柄にしたの」

それがわからなくて悩んでいるのに答えられるはずがない。黙っていたら、母はきものを手に取った。

「ああ、思い出すわねぇ。仲蔵のやった斧定九郎《おのさだくろう》。さすがは名人仲蔵だと感心したものよ。黒羽二重のきものに白の献上帯を締めてね。白塗りの顔からは水がぽたぽた滴って……こういうのが水も滴るいい男っていうんだろうと、娘心に思ったわ」

うっとりした顔で語られたけれど、綾太郎にはぴんと来ない。

忠臣蔵の五段目に出てくる斧定九郎といえば、そのこしらえに決まっている。言い返すと、母は首を振った。

「仲蔵より前の斧定九郎役は、どてらを着た山賊の親玉のような恰好をしていたんですって。ところが、仲蔵は落ちぶれた浪人という出で立ちで舞台の上に立ち、やんやの喝采《かっさい》を浴びたのよ」

そもそも斧定九郎は仲蔵にとって役不足だったという。確かに話の流れでいえば、重要な役とは言い難い。山中で五十両を奪ったとたん、猪《いのしし》と間違われて撃ち殺されてしまうのだから。

「それにもめげずに仲蔵は己の工夫で芝居を盛り上げ、ほんの端役を色悪の花形に引き上げたの。以来、斧定九郎は黒羽二重に白献上というこしらえになった訳」

伊達《だて》に何十年も遊び歩いている訳ではない。わかりやすい説明に納得すると、母は得意げに話を続けた。

「ついでに、仲蔵縞がどうしてこういう柄なのか教えてあげましょうか」

仲蔵縞は、縞と縞の間に人という字が三つ横に並んでいる。綾太郎は何気なくうなずいた。

「稽古熱心で知られた仲蔵でも、舞台に上がるときはあがったらしいの。そこで手のひらに人という字を三つ書いて、呑《の》む真似をしていたんですって。だから、仲蔵縞には人という字が三つ並んでいるのよ」

人という字を書いて呑む真似をする。それは世間でよく知られた「あがらないためのおまじない」だ。中村仲蔵ほどの役者がそんなことをしていたなんて……綾太郎は目を瞠り、そして余一の意図を察した。

「おっかさん、ちょっと出かけてきます」

驚く母をその場に残し、綾太郎は余一に借りたきものを持って白壁町へ駆けていく。息を切らして櫓長屋の戸を叩くと、すぐに余一が現れた。

「何の用です」

「借りていたきものを返しに来た。それと、あたしのきものだけれど」

「気に入りやせんか」

「文句を言いに来た訳じゃない。とりあえず、中に入れてくれ」

　すると、余一にしてはめずらしくすんなり中に入れてくれる。いつものように上り框《がまち》に腰を下ろし、綾太郎は話を始めた。

「知っての通り、あたしは奇をてらった流行ものが苦手だ。派手な流行ものはすぐに古びちまうからね。どうせきものを誂えるなら、流行すたりのないものを勧めたほうが間違いない。それがお客のためだと思っていたけど、本音は自信がないだけだと今さっき気付いちまったのさ」

　昔からの色や柄は世間の評価が定まっている。それを勧めている限り、後ろ指をさされずにすむ。だから、「このきものにはこの帯で」とか「こういう場合はこの柄がいい」と頭ごなしに決めつけていた。

「おまえさんが始末した唐橋の打掛や風見屋《かざみや》の御新造のきものを見たとき、心の底からくやしかったよ。あたしだってきもののことなら人並み以上に知っている。それなのに、あんなことができるなんて夢にも思わなかったから」

　今までにないからといって、悪いと決まっている訳ではない。遅まきながら気付いたけれど、自ら工夫するには至らなかった。

　自分の思いついた取り合わせは他人の目にどう映るか。「大隅屋の若旦那は趣味が悪い」と言われたら、大事な暖簾《のれん》に泥を塗ってしまう。そう思ったら、自分の思いつきを気軽に口にはできなかった。

きものは他人に見られるものだ。お客自身は気に入っても、周囲の人から馬鹿にされれば勧めたこっちに怒りは向く。だから、ことさら無難なものばかり客に勧めてきた。

「淡路堂のおじさんはそれを見抜いていたんだね。でも、あたしは頭が固くて、素直に聞こうとしなかった」

それが今日、仲蔵縞の由来を聞いてはっとした。

中村仲蔵ほどの役者でも客のまなざしが怖かったのだ。だから舞台に立つ前に、手のひらに人という字を三つ書いて呑む真似をする。

それでも、黒羽二重に白献上の帯という新しい出で立ちで斧定九郎を演じて見せた。舞台に登場したとたん、客に笑われるかもしれない。「あんな定九郎はおかしい」と野次が飛ぶことも考えられる。黒羽二重で舞台に出る前、仲蔵の心の臓はいつも以上に早鐘を打っていただろう。

「今までと同じことをしていれば、非難はされないかもしれない。だが、それではだんだん先細る。仲蔵縞にことよせて、そう言いたかったんじゃないのかい」

——昔からある織りや柄も初めは流行ものだったはずだ。それが多くの人にもてはやされて、いつしか見慣れたものになった。そうじゃありやせんか。前にそう言われたときは反発しか覚えなかったが、仲蔵縞の由来を知って思い違いをようやく悟った。

――やってみて「できませんでした」では、取り返しがつかないんだ。

他人には「やってみなくちゃわからない」と言いながら、誰より自分がそう思っていた。大隅屋の跡継ぎとして、しくじることはできないと頭と身体を固くしていた
……一気にまくしたてたところ、なぜか余一がそっぽを向く。

「そいつぁ若旦那の考え過ぎだ」

「何だって」

「縹木綿が足りなかったんで、ちょいと失敬したんです。仲蔵縞を使ったのはたまたま手元にあったからでさ」

こっちを見ぬままうそぶかれ、綾太郎は呆気にとられる。せっかく歩み寄ろうとしているのに、言うにこと欠いて「たまたま」とは。

「おまえさんも、よくよくへそ曲がりだね」

呆《あき》れ返って呟けば、余一がようやくこっちを見た。

「頭が固いのは若旦那だけじゃねぇってこってさ」

「どういうことさ」

「知っての通り、おれは金持ちが大嫌いだ。金持ちってなぁてめぇのことしか考えねぇ、血も涙もねぇ奴だと思っていやしたから」

いくら何でもここまで言われて、黙っている訳にはいかない。怒った綾太郎が言い返そうとした刹那、

「だが、何でも一括《ひとくく》りにしちゃいけねぇと考えを改めやした」

続く言葉を耳にして、すんでのところで思いとどまる。

「それって、あたしのおかげかい」

「半分はそうです。金持ちは大勢の暮らしを背負っていると言われて、なるほどと思いやしたから」

初めて余一に認められ、綾太郎はまんざらでもない。

ただし「半分」と言われれば、残りの半分が気にかかる。何があったと詰め寄れば、余一はきまり悪げに頭をかいた。

「この夏、訳ありの赤ん坊と関《かか》わったんでさ」

その子の母親は長旅の疲れで亡くなってしまい、ひとり残された赤ん坊をどうするかが問題になった。

「死んだ母親は赤ん坊の父親を捜すために江戸へ出てきたらしい。おれはその事情を知って、父親を捜す気をなくしやした」

　恐らく女は男に捨てられ、困り果てて出てきたのだろう。でなければ、赤ん坊を抱えて長旅をするはずがない。

「旅先で女をもてあそぶ男がいきなり現れた赤ん坊を引き取るとは思えねぇ。仮に引き取ったとしても、ちゃんと育てるか怪しいもんだ。そのせいで赤ん坊が死んじまったら、行き倒れた母親が浮かばれねぇでしょう」

　余一はそう考えたが、お糸は異を唱えたという。

「死んだ女が騙されていたとは限らない。男の頭で勝手に決めつけるなと怒られやした。そして調べてみたら、お糸ちゃんの言った通りだったんでさ」

　赤ん坊の父親は不慮の事故で亡くなっており、祖父母は孫がいることをまったく知らなかったらしい。

「ところが、今度は『金目当ての騙《かた》りじゃないか』と疑われて。いくら血がつながっていても、そんな奴らには渡せねぇ。頭に血が昇ったおれは赤ん坊を連れて帰りやした」

　しかし、お糸は去り際に「うちは神田岩本町でだるまやって店をやってますから」

と言い残した。その言葉を頼りに祖母が店を訪ねて来て、疑いの晴れた赤ん坊は無事に引き取られたという。

「富くじだって、そのほとんどは外れるが当たりもちゃんと入っている。金持ちだから嫌な奴だと決めつけちゃならねぇ。少しはそう思えるようになりやした」

余一は軽く肩をすくめ、綾太郎を見て笑った。

五

それから七日ばかりして、綾太郎は余一と共に淡路堂に足を運んだ。

このところの寒さのせいか、通された母屋の座敷には手あぶりが用意されている。

突然の来訪にもかかわらず、ほどなく主人が現れた。

「綾太郎さん、今日はどうしました」

「遅くなりましたが、あたしなりの趣向をお持ちしました。きっとお気に召していただけると思います」

「それは楽しみだ。ところで、そちらは」

淡路堂のまなざしが綾太郎の後ろに注がれる。お店者には見えない男に不審を覚えたのだろう。

「今回の趣向はあたしひとりじゃ思いつけなくて。この人に手を貸してもらいました」

「余一と申しやす」

仕事については伏せたまま、余一が小さく頭を下げる。じっと見ていた淡路堂が薄く笑った。

「手の具合からして紺屋の職人かい。今度はこれぞというものを見せてもらえるみたいだね」

「はい」

綾太郎はうなずいて、前回と同じ唐桟の反物を差し出した。たちまち、淡路堂が目を眇《すが》める。

「これは前にも見た品だろう」

「淡路堂さんはめずらしいものをとおっしゃいましたが、お立場を考えますと、あまり目立たないもののほうがいいと思いまして」

めずらしいもの、変わったものは、一歩間違えると気障《きざ》になる。結果、淡路堂の心証を台無しにする恐れがあった。

「その替わり、他人からは見えないところに趣向をこらすことにしました」

綾太郎の言葉を合図に、控えていた余一が額仕立ての下着を広げる。それを見た淡路堂が身を乗り出した。

「いっそ裾《すそ》や袖口を派手にすることも考えましたが、商人は信用が命です。ちょっとした遊び心であらぬ誤解をされたら元も子もありません。そこで、胴と胴裏に趣向を凝らすことにしました」

額仕立てとは、袖先や裾など見えるところに地味な縞や小紋を用い、外から見えない胴の部分に派手な色柄を配したものだ。ただし、胴裏には縹絹か紅絹を用いるのが相場である。

今回は紺色の胴の部分に白と赤の花火を描いた。その内側の胴裏には、縹地に白い点が星のように散っている。下着の隅々にまで目を光らせ、淡路堂は腕を組む。

「……冬物の下着に花火かい？　いくら外から見えないからって、ずいぶんと季節外れだね」

「お気に召しませんか」

「わざわざ仕立ててもらったし、突き返すのは気の毒だけどね。掛け値のないところを言えば、あまり欲しいと思わないよ」

隣に余一がいるせいか、淡路堂は言葉を選ぶ。だが、引き下がる気は毛頭ない。綾太郎は膝《ひざ》を進めた。

「いいえ、淡路堂さんはきっと買ってくださいます」

「どうしてだい」

「この下着は、『星花火』ですから」

するとと、相手は目を見開き、再び下着をじっと見た。

「なるほど、胴裏のあられ文様は星のつもりか。気持ちはわかるが、うちの『星花火』とはまるで違う。これじゃ、どう見ても『花火』と『星』だよ。そして、星はともかく花火は夏と決まっている」

「ですが」

「いいかい、綾太郎さん。菓子もきものと同様、季節とは切り離せないものだ。たとえ外から見えなくても、菓子屋の主人が季節外れのものを身に着ける訳にはいかない。かわいそうだが、これは持って帰っておくれ」

こっちの言葉を遮って淡路堂は立ち上がる。「星花火」は今の主人が作り上げた淡路堂の看板菓子だ。それを下着に表現できれば、きっと気に入ってくれるだろう。そう思って作ったけれど、見込み違いだったのか。

下唇を噛んだとき、ようやく余一が口を開いた。

「季節がどうのと言うのなら、なぜ羊羹に『星花火』と名付けたんです。そいつは夏しか作らねぇ季節の菓子じゃねぇでしょう」

菓子は季節ごとのものと一年中あるものがある。的を射た指摘に「それは」と淡路堂が口ごもった。

「いっそ『星空』か『満天』と名付ければ、おれのようなへそ曲がりにとやかく言われずにすんだはずだ。何より花火は華やかだが、あっという間に消えちまいやす。進物菓子の名前としちゃ、今ひとつだと思いやすが」

遣い物にする菓子は縁起のよい名が好まれる。言われてみればその通りで、綾太郎は膝を打った。

「大隅屋の若旦那から『星花火』が羊羹の名だと聞かされて、おれは正直とまどいやした。そしてあれこれ考えた末、こいつは淡路堂さんの覚悟を示す名だと思ったんでさ」

並みの流行ものはすぐすたれるが、それを承知で新しいものを産み出し続けていかなければ、商いは次第に先細る。いつも同じ品ばかりでは客に飽きられてしまうからだ。

「新作ってなぁ、結句花火みてぇなもんだ。さんざん苦労して作っても、大輪の花を咲かせて人を呼ぶのはわずかな間だけ。だが、まれに落ちずに輝き続け、夜空の星になるものがある……旦那は『星花火』という名にそんな思いを込めたんじゃありやせんか」

淡路堂は立ったまま、余一の話を聞いていた。そして再び腰を下ろすと、人並み以上に整った男の顔をじっと見る。

「まさか、私の考えを言い当てられるとは思わなかった。この下着の花火はおまえさんが描いたのかい」

「へえ」

「どうして、星と花火を別々にしたんだい。あられ文様の上に花火を描いたってよかっただろう」

「打ち上げた花火がすべて星になるわけじゃねぇ……というのは建前で、そうすると柄がくどくなりやす」

正直な言葉を聞いて淡路堂が笑う。「なるほど、もっともだ」と言いながら、胴の花火を指でなぞった。

「『過ぎたるは猶《なお》及ばざるが如《ごと》し』か。昔の人はうまいことを言ったもんだ。知っていると思うけれど、高価な練羊羹は滑らかな舌触りが命なんだ。その表面に何かをつけて、見た目と口当たりを変えてみたい。職人にそう言われたときは、私も正直びっくりしたよ」

だが、同時に面白いとも思ったという。練羊羹の見た目はどこの店も変わらない。だからこそ、見た目の違うものができれば他の店に差をつけられる。とっさにそう考えたそうだ。

「口の中に入れたとたん表面の砂糖粒が溶けるようになるまで、ずいぶん時がかかったがね。その苦労を元にして、また新しい菓子も生まれたんだ」

淡路堂が手を打つと、すぐに手代が飛んでくる。ほどなく命じられたものを盆に載せて戻ってきた。

「数日前、できあがったばかりの新作だ。食べてみてくれ」

それは紅白の落雁で幸菱《さいわいびし》の形をしている。ひとつつまんで口に入れ、綾太郎は声を上げた。

「餡《あん》が入っているんですか」

余一は日頃菓子など食べつけていないのだろう。困ったような顔をしている。淡路堂が破顔した。

「綾太郎さん、味はどうだい」

「おいしいですけど……なんだか、見た目と違います」

適当な言葉が見つからなくて、綾太郎は口ごもる。

砂糖とこし餡が一緒になったら、甘くてしつこいと思っていた。ところが、この落雁は口の中に入れたとたん、あっけなく甘さが溶けていく。

「潔いというか、はかないというか。これは『星花火』の表面についている砂糖粒と同じですか」

「厳密に言えば、同じではない。あれに手を加えたものだ」

「思ったよりも甘くなくて、いくつでも食べられそうです。あたしは『星花火』が一番の好物だったけど、この落雁のほうが好きかもしれない」

綾太郎が懸命に言葉を探している脇で、余一は茶をすすっている。一方、淡路堂はやけにうれしそうな顔をした。

「そりゃ、よかった。綾太郎さんにそう言ってもらえたら、お三和も喜ぶだろう」

「それじゃ、これはお三和ちゃんが」

「ああ。作ったのは職人だが、考えたのはお三和だよ。近々、『錦《にしき》』という名の祝い菓子として売り出すつもりだ」

目を細めてうなずかれ、何だか不思議な気分になる。あの頼りなげな少女がこんな菓子を考え付くとは。

だが、ひとつ気になった。

「どうして祝い菓子にするんですか。こんなにおいしいんだもの。違う色と形にすれば、いくらでも売れるでしょう」

潔い口溶けは病み付きになるし、落雁の色と形はいかようにも変えられるはずだ。普段使いの菓子にすれば、より儲けることができる。綾太郎の意見に相手は苦笑した。

「うちには『鈴落雁』があるからね」

「別に構わないでしょう。『鈴落雁』と『錦』はまるで違う味だもの」

「そう言ってくれるのはありがたいけれどね。実は、お三和に頼まれたんだよ。これは祝い菓子にしてくれと」

考えた本人がそう言うなら、強いて勧めることはできない。とはいえ、あっけないほどの口溶けは祝い菓子に不向きな気がする。

口には出せないことを腹の中で思っていたら、淡路堂が感慨深げに呟いた。

「綾太郎さんのような跡取りがいて、大隅屋さんがうらやましいよ」

そして下着を手に取ったので、綾太郎は目を輝かす。

「おじさん、それじゃ」

「そこまで見透かされていたのでは、引き取らざるを得ないだろう。『星花火』はうちの看板だ。他人に着させる訳にはいかないからね。せっかくだから、鼠の唐桟も仕立てておくれ。裏は縹でかまわないから」

「ありがとうございます。寒くなってきたので、急いで仕立てさせます」

嫌がる余一に無理を言って引っ張ってきた甲斐《かい》があった。畳に額をすりつけると、余一に小声で尋ねられる。

「若旦那、お三和さんとおっしゃるのは」

「淡路堂さんの娘だよ。人一倍察しのいい舌の持ち主でね。まだ十六なのに、菓子作りに関わっていなさるんだ」

上機嫌で答えれば、余一が淡路堂を見る。そして少しためらってから、意外な言葉を口にした。

「ずいぶんと芯《しん》の強いお嬢さんだ」

今のやりとりでそんなふうに思ったらしいが、実は人並み外れた恥ずかしがりやだ。綾太郎が誤解を正そうとしたとき、淡路堂がうなずいた。

「おっしゃる通り、お三和はしっかりした娘だ。うちの倅もあれくらい芯が強ければよかったんだが」

「世の中、男より女のほうがしっかりしているもんでさぁ」

淡路堂の言葉に驚いていたら、なぜか余一がこっちを見た。

六

「へえ、そんなことがあったのかい」

十月に入って早々、平吉が大隅屋にやって来た。淡路堂とのやり取りを包み隠さず教えたところ、いきなり頬をふくらます。

「おとっつぁんたら、綾太郎にはやけに肩入れするじゃないか。倅のことはほったらかしだったくせに」

「今になってそんなことを言うのなら、もっと真面目に店の手伝いをすればよかったんだ。うるさく言われないのをいいことに、遊び歩いていたのはどこのどいつさ」

そんな言葉が口から出たのは、淡路堂から平吉の婿入り先を杉田屋にした訳を聞かされたからだ。

——常に目新しさが必要な菓子司と違って、薬は信用が命だ。病人には不可欠なものだから商いが細る恐れも少ない。杉田屋さんは奉公人がしっかりしているし、平吉でもやっていけるだろう。

ずいぶん見くびられたものだけれど、それも親の愛情ゆえだ。平吉もすべて承知の上で婿入りしたに違いない。

「淡路堂さんだって、本当はおまえに跡を取らせたかったんだぞ」

「それこそ今さらってやつだろう。あたしだって慣れない婿入り先でいろいろ苦労をしているんだよ」

そういう平吉の顔色はよく、髷だって明らかに結い立てだ。しかも、今日は冬物を誂えに来たという。

「どこからどう見ても、苦労の跡がうかがえないけど」

「あたしは大人だからね。きれいに隠しているんだよ」

「へえ」

得意顔の幼馴染みに綾太郎は鼻を鳴らす。口がうまくて優男の平吉に杉田屋の娘は惚《ほ》れ込んでいるらしく、今日も店にやって来るなり、のろけをさんざん聞かされた。

「婿入りしていくらも経っていないのに、新しいきものを誂えるなんて。御新造さんはともかく、奉公人から白い目で見られやしないかい」

平吉は薬のことなどわからないから、商売の役には立たないはずだ。綾太郎の心配を幼馴染みは笑い飛ばした。

「その逆さ。わがまま娘の機嫌を取ってくれるってんで、むしろ感謝されている。婿入り先に杉田屋を選んだおとっつぁんの目は確かだよ」

たった今「苦労している」と言った口で、平吉はそんなことを言う。何はともあれ、うまくいっているならよかったと思ったとき、

「でも、お三和にはかわいそうなことをした。あたしが不甲斐ないばっかりに、好きな男を諦《あきら》めることになったんだから」

思いがけない呟きに綾太郎は仰天した。

あの見るからに頼りない、年より幼く見える娘に好きな男がいたなんて。信じられないと思った刹那、余一と淡路堂のやり取りを思い出した。

――芯の強いお嬢さんだ。

――おっしゃる通り、お三和はしっかりした娘だ。うちの倅もあれくらい芯が強ければよかったんだが。

そういえば、あの落雁は甘さが口に残らなかった。甘ったれた気性の者にああいう菓子は作れないだろう。いろいろと腑《ふ》に落ちて、綾太郎はうなずいた。

「人は見かけによらないっていうのは本当だね」

「急にどうした」

「あのお三和ちゃんに好きな男がいたなんてさ。この前会ったときは、ろくに口も利けなかったのに」

これでは婿が苦労するとひそかに思っていたけれど、余計なお世話だったようだ。

何気なく口走れば、平吉が驚いたような顔をする。

「おまえ、お三和に会ったのかい」

「あ、ああ。お花の稽古に行く途中に」

相手の剣幕にたじろぎながら、綾太郎は正直に言う。平吉は額を押さえ、呻《うめ》くように呟いた。

「……お三和もかわいそうに」

言われた言葉の意味がわからず、綾太郎は眉を寄せる。「どういう意味だ」と詰め寄れば、平吉に横目で睨まれた。

「まだわからないのかい」

「何が」

「ああ、じれったいね。お三和が惚れていたのはおまえだよ」

「何だって」

　そんなことを言われても、まるで信じられなかった。子供の頃は一緒に遊びもしたけれど、ここ五年はろくに顔も合わせていない。

「おまえの思い過ごしだろう」

「そんなことないって」

信じていないのが伝わったのか、平吉がむきになる。

「うちのおとっつぁんだってお三和の気持ちは承知していたんだよ。実際、そういう話もあったんだから」

「そういう話って」

「だから、お三和をおまえの嫁にって話さ」

互いに気心は知れているし、年回りだってちょうどいい。双方の親は本気で考えていたはずだと平吉は言った。

「でも、あたしが吉原にはまっちまって事情が変わったんだよ。大隅屋さんにすれば、淡路堂の先行きが危ぶまれたんだろう」

嫁の実家が傾けば大隅屋にも障りが出る。双方の店が近いだけに知らん顔もできないからだ。また、淡路堂でもお三和を手放す訳にはいかなくなった。

「そうこうするうち、桐屋のお嬢さんとの縁談がまとまっちまった。お三和が菓子作りを手伝い出したのはそれからさ」

「どうして」

「綾太郎は甘いものが好きだろう。一緒になれないなら、せめて自分が考えた菓子をおまえに食べて欲しかったんだよ」

まさかの切ない女心に綾太郎は絶句する。しかし、そこまで言われても、まだ半信半疑だった。

だいたい先月会ったとき、お三和はこっちを見なかった。仮にも惚れていたのなら、ここぞと笑みを浮かべるだろう。思ったことを口にすれば、「おまえはどこまで鈍いんだ」と平吉に頭を叩かれた。

「お三和は根っからの箱入り娘だぞ。おまえに惚れているからこそ、口もろくに利けないんじゃないか」

「でも」

「ええい、うるさい、うるさいっ。でなきゃ、おまえの祝言のために菓子なんぞ作るもんか。おとっつぁんがおまえに『冬物を見立ててくれ』と言い出したのも、娘のことを思えばこそだ」

真っ赤になって怒鳴られて、綾太郎は目を瞠る。では、淡路堂で食べた落雁は自分のために作られたのか。

「お三和の餡入り落雁、食べたんだろう」

「ああ」

「名前は聞いたか」

「確か『錦』って」

ぼんやり呟いてから、綾太郎ははっとした。

錦は金糸銀糸を使った豪華な絹織物で、「綾錦《あやにしき》」と呼ばれることも多い。幸菱は花嫁衣装の地模様としてよく使われる。それらを考え合わせれば、お三和の気持ちは自《おの》ずと明らかだろう。

「そんなふうに思ってもらえるほど、あたしはいい男じゃないのに」

綾太郎はうつむいて、最後に見たお三和の姿を思い浮かべた。

顔だって見ているはずなのに、ぼんやりとしか浮かんでこない。鮮明に覚えているのは、重そうだった金糸の帯と頼りない後ろ姿だけだ。居たたまれない思いでいたら、平吉に背中を叩かれた。

「あたしと八重垣《やえがき》が駄目になったように、おまえとお三和も縁がなかったんだよ」

「そうか……そうだな」

果たして何がきっかけでお三和にそこまで惚れられたのか、綾太郎にはわからない。だが、その思いがお三和を菓子作りに向かわせたのなら、淡路堂にとっては喜ばしいことなのだろう。

恐らく余一は菓子からお三和の気持ちを察し、「芯が強い」と言ったのだ。

「親の見る目は確かだな」

我知らず口走ると、平吉が首をかしげる。

「何だよ、急に」

「淡路堂の跡取りはお三和ちゃんしかいないってことさ」

おまえじゃ駄目だと断言すれば、幼馴染みは顔をしかめた。

「ふん、お三和の気持ちに気付かなかった朴念仁《ぼくねんじん》がえらそうに。それより、聞きたいことがあるんだけど」

居住まいを正して切り出され、「なんだ」と先を促せば、

「桐屋の娘って美人なのか」

目を輝かして尋ねられ、綾太郎は笑ってしまった。

面影のいろ

一

冬になってこたえるのは、何と言っても洗濯だ。お糸はかじかむ指に息をかけ、左右の手をこすりあわせる。

三月前《みつき》は早く涼しくなって欲しいと思っていたはずなのに、霜が降りる頃になると気持ちはすっかり変わっていた。

「本当に毎年、毎年……どうにかならないものかしら」

自分のものとは思えないほどふくらんでしまった両手を見つめ、お糸は切ないため息をつく。あかぎれの指はちょっとしたことで血がにじむが、水を使わない訳にはいかない。洗濯はもちろん、店の手伝いをしていれば野菜や皿を何度も洗う。雑巾《ぞうきん》だって水で洗って使うのだ。

唯一の救いは、父と二人暮らしなので洗濯物が少ないことか。冬の日差しは弱いけ

くだろう。れど、今日はすっきり晴れている。今は五ツ（午前八時）前だし、日暮れまでには乾

「お糸ちゃん、精が出るね。もう洗濯はすんだのかい」

だるまやの裏で今日の分を干し終えたとき、聞き覚えのある声がした。お糸は一瞬固くなり、すぐぎこちない笑みを浮かべる。

「うちはたいした量じゃないから。お品《しな》さんはこれからでしょ。だったら、急いだほうがいいわ」

日の長い夏と違い、冬は朝から干さないと日暮れまでに乾かない。朝飯後の井戸端はかみさん連中で一際混みあう。しゃべっている暇はないだろうと相手を急《せ》かしてみたけれど、あっさり首を横に振られた。

「どうせ倅《せがれ》や嫁のもんだもの。急いでやることもないさ。それにしても、嫁の腰巻まで洗うことになるなんて」

「お嫁さんはつわりがひどいんでしょ。無理をして取り返しのつかないことになったら大変じゃない。今だけの辛抱よ」

「あたしは腹に子がいても、女房の務めは果たしたけどね。粂七《くめしち》がおとなしいのをいいことに、ずうずうしいったらありゃしない」

鼻息荒く言い返されて、お糸は返す言葉に困る。お品の倅の粂七は死んだ父親の跡を継ぎ、町内で桶《おけ》屋を営んでいる。そしてこの春嫁を取ったが、お品とは折り合いが悪いらしく、人の顔を見るたびに嫁の悪口を言い募る。

お品は本来面倒見のよい人で、母が死んでから何かと世話になっていた。それは感謝しているけれど、自分と年の近い嫁をあまりけなして欲しくない。嫁姑《しゅうとめ》の仲違《なかたが》いは話に聞いていても、「お品さんは別だろう」とお糸は思っていたのである。

「うちの倅もどこがよくて、あんな女を女房にしたのかねぇ。世の中にはもっと気立てがよくて、働き者の娘が大勢いるっていうのにさ。これじゃ何のために嫁を取ったか、わかりゃしない」

「その言い方はあんまりよ。お嫁さんがかわいそうだわ」

「どこがかわいそうなんだい。世の中には具合が悪くても、働いている人は大勢いるんだ。つわりごときで寝込むのは甘ったれってもんだよ」

「でも、粂七さんが心底惚《ほ》れて一緒になった人でしょう。労《いた》わってあげたっていいじゃないの」

たまらなくなって言い返せば、お品はぷいと顔をそむけた。

「そんなこと、お糸ちゃんには言われたくないね」

苦々しげに言い捨てて、お品は井戸端へ歩いていく。お糸は通りすがりに渋柿《しぶがき》を食べさせられたような気分になった。

お品が言う通り、具合が悪くても無理をして働く人はいる。ただし無理をすればした分だけ身体《からだ》を悪くしてしまう。自分の母もそうやってだんだん弱っていった末、病にかかって亡くなった。

おばさんったらいい年をして、そんなこともわからないの。お糸はむしゃくしゃした思いのまま勝手口から家に入った。

「どうした、お糸」

様子がおかしかったからだろう。大根の皮をむいていた父に声をかけられた。

「別にどうもしないわよ」

「嘘《うそ》をつけ。桶屋のおふくろと言い争っていたじゃねぇか。甲高い声が聞こえたぜ」

なにぶん、狭い上に安普請の家である。外で話していた声はすっかり筒抜けだったらしい。だったら、隠すこともないとお糸は口を尖《とが》らせた。

「だって、お品さんてばひどいのよ。倅の女房を女中か何かと間違えているんじゃないかしら」

嫁の具合が悪いのは腹に子がいるせいで、つまりは倅と孫のせいだ。それなのに文句を言うなんて罰当たりというものである。

あんな人だと思わなかったとお糸が眉《まゆ》をつり上げれば、父は「わかってねぇな」と鼻を鳴らした。

「嫁と姑ってなぁ、犬猿の仲と決まってんだ。陰で文句を言うくらい、どうってこたぁねぇだろうが」

「でも、お嫁さんが気の毒よ」

「だったら聞くが、お品はその嫁をこき使っているのかよ」

「えっ」

「口ではごちゃごちゃ言ったって、嫁の腰巻まで洗ってやっているんだろうが。もしもお品がいなかったら、どんなに具合が悪かろうと嫁がやるしかねぇんだぞ」

したり顔で続けられ、お糸は目をしばたたく。

そういえば、「嫁が身籠《みご》もった」と聞いてから井戸端で姿を見るのはお品だけで、嫁はちっとも見ていない。

「ずけずけものを言う割に根っこはやさしい人だって、おめぇも知っているだろうが」

「……あたしが労わってあげてって言ったら、『お糸ちゃんには言われたくない』って、お品さんが言ったんだもの」

ふくれっ面で言い返すと、父の右手が初めて止まった。

「そりゃぁ、仕方がねぇんじゃねぇか」

「どうしてよ」

労わってやる気があるのなら、そんなふうに言わなければいい。問い返したら、父が答えた。

「粂七はおめぇを嫁に欲しがっていた。お品もその気があったんで、何かとよくしてくれたんだろう」

「何ですって」

思いがけない話を聞いて、お糸は仰天してしまう。粂七のことは昔からよく知っているが、そんなふうに思っていたとは。

「だ、だって、粂七さんはあたしより一回りも上で……おっかさんが死んだとき、あたしはまだ十歳だし……」

「むこうもおくにが死んですぐ、おめぇに目を付けた訳じゃあるめぇ。だんだんその気になったんだろうさ」

「でも、年が」

「十二違いの夫婦なんて、世間じゃざらにある話だ。今度来た嫁だっておめぇと同じくれぇだろう」

「それは、そうだけど」

「でぇいち、おめぇと余一だってそのくらい離れているだろうが。今さら、何を言っていやがる」

呆《あき》れたように続けられ、お糸は眉をつり上げた。

「あたしと余一さんは八つしか違わないわよっ」

四年の差は大きいと力を込めて反論する。父が手元に目を戻した。

「おめぇがその調子だから、粂七は他の娘とくっついたんだ。奴も今年で三十だし、お品が元気なうちに孫の顔を見せたかったんだろう」

ならば、お品が嫁をけなすのは自分に対してだけなのか。返す言葉に困っていると、父が包丁を動かし始める。

「親ってなぁ、誰だって我が子が一番よく見える。だから、その連れ合いにはいろいろ望んじまうのさ。粂七の嫁はおとなしいばっかりで、何かと気が利かねぇようだし」

「そういうおとなしい人だから、粂七さんとお似合いなのよ」

「似た者夫婦ってなぁ当人同士はいいんだろうが、傍《はた》は何かと気が揉《も》めんのさ。特にお品はあの気性だ。歯がゆくて仕方がねぇんだろう」

粂七は真面目《まじめ》な職人だが、少々頼りないところがある。客に強く値切られると、値引きに応じてしまうのだ。赤の他人のお糸ですら苛立《いらだ》つことがたびたびあった。

「おめぇの気の強さをお品は見込んでいたんだろうぜ」

「粂七さんに代わって、あたしに客と喧嘩《けんか》をしろっていうの。冗談じゃないわ」

面白がっている父にお糸はぴしゃりと言い返した。

「当人同士がいいのなら、それでいいじゃないの。たいした身代もないくせに、親が横からあれこれ言うのはお門違いよ」

「惚れた相手を見る目ほど当てにならないものはねぇ。だから、親が年の功で見極めてやろうというんじゃねぇか」

「せっかくだけど、あたしは大丈夫ですからね。余一さんの人となりは十分承知しているもの」

先手を打つつもりで言ったら、再び父が手を止めた。

「だったら、この前の御高祖頭巾《おこそずきん》の女は何だ」

「あれは男の人だって言ったじゃない」

「あんな色っぽいきれいな女が男のはずねぇだろう。嘘をつくならもっと本当らしいことを言いやがれ」

二月《ふたつき》前、余一は目の覚めるような美人と共にだるまやの前を通りかかった。絵草紙から抜け出たような二人の姿を見てお糸は動転し、あとで六助の口から相手の正体を聞き出したのだ。

とはいえ、最初は自分だって「男だ」と言われても「嘘ばっかり」と食ってかかった。その後、余一に内緒で千吉と会ってようやく納得したのだから、父が信じないのも無理はない。

「それとも何か。女形が町中で芝居をしていたというのかよ」

「おとっつぁん、あの人は」

元陰間だと言おうとして、お糸は思いとどまった。そんなことを口にしたら、再び余一にあらぬ疑いをかけられかねない。

「とにかく、あの人と余一さんはただの知り合いなの。おとっつぁんが案じているような仲じゃないわ」

「余一がおめぇにそう言ったのか」

鋭く睨《にら》みつけられて、お糸はごくりと唾《つば》を呑《の》む。教えてくれたのは六助と千吉で、余一は何も言ってくれない。母を亡くして八年、お糸は父に隠し事はしても、面と向かって嘘をつくのは苦手だった。

「違う、けど」

「どうせ六助あたりが適当なことを言ってんだろう。おめぇはあの古着屋の言うことを鵜呑《うの》みにするってのか」

声高に問い詰められて、お糸は束の間《つかま》返事に困る。古着屋の六助は余一の古い知り合いだが、しばしば商売を休む上にツケもたくさん溜《た》めている。お糸だってそんな男を丸ごと信じてはいないけれど、

「余一さんのことではあたしに嘘をつかないわ」

以前は父同様、六助も「余一のことは諦《あきら》めろ」と繰り返し言っていた。だが、今年の夏あたりから雲行きが少し変わってきた。

――そう恨めしそうに見ねぇでくれよ。俺は、奴とのことを反対している訳じゃねぇんだから。

苦笑交じりにそう言って、余一に会う口実を作ってくれた。

けれども、父は余一に女ができたと思い込んでしまっている。包丁を握りしめたままお糸に命じた。

「おめぇの気持ちを知りながら、言い訳もしねぇなんて許せねぇ。あんな嫌味な野郎のことはさっさと忘れちまいなっ」

二

十一月の酉《とり》の日は、浅草鷲《おおとり》神社で酉の市が催される。だるまやでは毎年一の酉を休みにして、親子揃《そろ》って酉の市に出かけるのが習わしだ。

ところが、今年は父が腰を痛めてしまい、お糸がひとりで行くことになった。

「按摩《あんま》さんを呼んだほうがいいんじゃないの」

「このところの寒さがこたえただけで、一日寝てりゃあ十分だ。おめぇこそひとりで大丈夫かよ」

「当たり前でしょ。おとっつぁんの分まで家内安全、商売繁盛をお祈りしてくるわ。熊手《くまで》もちゃんと頂いてくるから、安心して寝ていてちょうだい」

胸を叩《たた》いて請け合っても目の前の顔は浮かないままだ。鷲神社は吉原に近く、お参りにかこつけて遊んでこようという男も多い。

「手の早い輩もいるだろうから、くれぐれも気を付けるんだぞ」

「大丈夫よ。子供じゃないもの」

「子供じゃねぇから心配なんだよ」

いつにも増して不機嫌な父を残し、お糸はそそくさと店を出る。腰を痛めた父には悪いが、ひとりで歩けるのはありがたい。この機会を逃すものかと柳原に向かったところ、目当ての古着屋は休みだった。

「こんないい天気に休むだなんて、いったいどういう了見よ」

だるまやに近い六助の長屋の戸を開けるなり、お糸は声高に言い放つ。人に無駄足を踏ませた怠け者は、汚い部屋のまん中で布団をかぶって丸まっていた。

「汗水流して働いている人に申し訳ないとは思わないの。具合が悪くて寝ている訳じゃないんでしょう」

許しも得ずに上がり込み、勢いよく布団をめくる。見下ろした先には恨めしそうな顔があった。

「そういうお糸ちゃんのとこだって今日は休みじゃねぇか。俺が商売を休んだからって、とやかく言える立場かよ」

「あたしとおとっつぁんは毎日ちゃんと働いています。年中見世《みせ》を休んでいる六さんとは違うわ」

「だからって、わざわざ乗り込んで来なくてもいいじゃねぇか。俺は近頃、風邪《かぜ》気味なんだよ」

わざとらしく咳《せ》き込まれて、お糸は本題を思い出す。今日は「仕事をしろ」と言うために押しかけてきた訳ではなかった。

「実は、千吉さんとおとっつぁんを引き合わせたいの。自分の目で確かめれば、石頭のおとっつぁんも納得せざるを得ないでしょう。六さんから千吉さんに頼んでもらえないかしら」

お願いしますと頭を下げれば、六助が布団をかぶったままのろのろと身を起こす。背中を丸めて頭だけ突き出した恰好《かっこう》はまるっきり亀《かめ》そのものだ。しかも、眉間《みけん》には深いしわが刻まれていた。

「そんなことをしたら、俺が余一にとっちめられる」

「あら、どうして」

「前に話したじゃねぇか。千吉は陰間上がりの色事師だぞ。大事なお糸ちゃんにそんな野郎を近づけたことがばれちまったら……」

ああ、おっかねぇとひとりごちて、六助は小さく身震いする。

「それに男だとわかっても、奴の稼業が稼業だ。ますます余一の株が下がっちまうんじゃねえのかねぇ」

　生真面目な父ならば、十分考えられることだ。かといって、千吉と余一がいい仲だと思われっぱなしというのも困る。

　残る手段は、本人の口から事情を話してもらうことだが……。

「余一さんはあたしのことなんて何とも思っていないもの。うちのおとっつぁんにどう思われようと気にならないわよね」

「そう悲しそうな顔をしなさんな。親父《おやじ》さんは余一を嫌っている訳じゃねぇ。お糸ちゃんに思われている野郎が憎いだけなのさ。できることなら、かわいい娘をいつまでも手放したくねぇんだから」

「そんなことないわよ」

　父は口癖のように「早く嫁に行け」と言う。手元に置いておきたいのなら、そんなことは言わないはずだ。お糸が首を横に振ると、「わかってねぇな」と六助が笑った。

「ここだけの話、清八《せいはち》さんと余一は気性が似ていると思わねぇか」

「そう、そうなの！」

　思っていたことを他人から言われてお糸は目を輝かす。

　だるまやは祖父が始めた店で、父は十二で料理屋へ修業に出された。二十歳のときに祖父が死んだりしなかったら、修業先の店に残って板場を任されていただろう。本当はいくらでも凝った料理を作れるのに、だるまやで出されているものは安くてありふれたものばかりだ。

凝った料理は手間だけでなく、材料や時も余計にかかる。父は味よりも安さを重んじ、懐のさびしい人々が腹一杯食べられる料理を作り続けている。腹を空《す》かせた者にとって、満腹こそがごちそうだと考えているからだ。

余一も父と同じように貧乏人相手の商売である。たとえどんなに貧しくても、人は裸で生きられない。そして擦り切れるほど着たきものこそ、たくさんの思い出が染みついている。余一はそういうきものを始末して貧しい人を支えている。

腕に覚えのある職人は己の技量を知らしめたいと考えるものだろう。しかし、父と余一は功名心に背を向けた。

「二人とも腕のいい職人で」

「頑固で商売っ気がなくて無愛想なくせに、誰よりもお人よしなんだから」

相手の言葉を引き取ってお糸が一息に言う。満面の笑みを浮かべれば、六助が静かに付け足した。

「そして、どっちもお糸ちゃんを心底大事に思っていやがる」

父はともかく余一は違う。お糸が笑みをひっこめると、六助は顎《あご》をかいた。

「余一が自分に似ていやがるから、親父さんは余計反対なのさ」

「どういうこと」

「腕がよくても、商売っ気のない奴は貧乏暮らしから抜け出せねぇ。それを承知でかわいい娘をくれてやるのは業腹じゃねぇか。余一もそれがわかっているから、お糸ちゃんに近づかねぇんだ」

いつになく真面目な六助の声がお糸の気持ちを逆なでする。そういう話はからかい半分に言われたほうがまだましだ。

「あたしはおとっつぁんの娘なのよ。自分の父親に似た人を好きになって当然じゃない。それのどこがいけないの」

「親ってなぁ、我が子はてめぇより上等だと思っていやがる。だから、もっと上等な相手と一緒にしてぇと思うんだ」

「馬鹿馬鹿しい」

お糸は吐き出すように言い、父の言葉を思い出した。

――親ってなぁ、誰だって我が子が一番よく見える。だから、その連れ合いにはいろいろ望んじまうのさ。

あれはお品だけではなく、父のことでもあったのか。親の欲目は年季の分だけ、惚れた欲目よりも曇るらしい。

「あたしはおとっつぁんとおっかさんの娘なのよ。好きな人と一緒になれれば、それだけでしあわせよ」

父だって母がその気になるまでしつこく待っていたくせに。鼻息荒く文句を言えば、六助が布団の下で肩をすくめた。

「お糸ちゃんがそういうことを言うからいけねぇんだぜ」

「どうして」

「かわいい娘の口から『余一さんさえいればいい』なんて、事あるごとに聞かされてみろ。もう俺はいらねぇのかと、清八さんだってへそを曲げたくなるじゃねぇか」

大人気ないにもほどがある言葉にお糸は内心呆れ返る。

「何よ、それ。うちのおとっつぁんに限ってそんな馬鹿なことを考えるもんですか」

「男はみんな馬鹿なんだよ。よその娘をてめぇの女房にしたくせに、自分の娘は誰にもやりたくねぇんだから」

「でも、あたしの顔を見るたびに『余一を諦めて嫁に行け』って」

誰にもやりたくないのなら、そういう台詞《せりふ》は言わないはずだ。お糸が異を唱えると、六助が鼻をこすった。

「それじゃ、親父さんから『こいつと一緒になれ』と言われたことはあるのか」

苦笑交じりに尋ねられ、お糸ははたと考え込む。店の客に言い寄られたことは山ほどあるが、父に誰かを勧められた覚えはない。粂七のことだって、むこうが嫁を取ってから「実は」と教えられたのだ。

「この先、お糸ちゃんが余一以外の男に惚れたら、親父さんはそいつをこき下ろすぜ。こんな男より余一のほうがまだましだとか言ってな」

冗談じゃないと思いつつ、お糸は大声で言い放った。

「ご心配なく。あたしは一生心変わりなんてしませんから！」

そのまま長屋を飛び出したお糸はややして我に返り、いくら何でも失礼だったと反省した。

口ばかりだと思うけれど具合の悪いところへ押しかけ、捨て台詞を残して出てくるなんて。余一は身寄りがひとりもなく、人付き合いを避けたがる。そこで六助にいろいろ尋ねてしまうのだが、むこうはいい迷惑だろう。

幼馴染《おさななじ》みのおみつはお嬢さんの祝言の支度で忙しいらしく、近頃だるまやに顔を出さない。お糸はため息をつきながら両国へと歩いていった。

両国広小路は江戸でも指折りの盛り場だ。人混みの中を歩きつつ、お糸は余一と二人で下谷広小路を歩いたときのことを思い出した。

あれは暑い盛りだった。拾った赤ん坊を腕に抱き、余一の傍らを歩きながら他人には夫婦に見えるかしらとひそかに胸を弾ませた。

そういえばあの赤ん坊、孝太《こうた》はどうしているだろう。加賀味の祖父母は大事にしてくれているだろうか。

あたしが会いに行ったら、むこうは迷惑がるかしら。そんなことを思ったとき、いきなり手首を摑《つか》まれた。

——手の早い男もいるだろうから、くれぐれも気を付けるんだぞ。

出がけに言われたことを思い出し、振り払おうとした瞬間、

「おくにっ」

自分のものではない名を聞いて、お糸の息が束の間止まる。

振り絞るようにして呼ばれた名に心当たりがありすぎた。

「ねぇ、おとっつぁん。おっかさんの知り合いに商家の旦那《だんな》さんっていたかしら」

熊手を抱えて帰るなり、お糸は真っ先に父に聞いた。

「藪《やぶ》から棒にどうした。俺は特に知らねぇが、酉の市で何かあったか」

「そうじゃないの。米沢町の近くで突然呼び止められたのよ。知らない男の人から『おくに』って」

年は父よりいくらか若いだろう。目尻《めじり》や額にしわこそあったが、顔立ちはやけに整っていた。着ているきものは茶の網代柄《あじろがら》で、見るからに値が張りそうだった。

「若い頃はたいそうな二枚目だったと思うのよ。そういえば、顎の下に米粒くらいの痣《あざ》があったけど、心当たりはない？」

「……ねぇな」

「おくにはあたしの母の名ですって言ったら、すごく驚いていたわ。あたしがおっかさんの若い頃に生き写しで、つい間違えてしまったんですって」

こちらの素性を知った相手は穴が空くほどお糸を見つめ、それから我に返ったように手を放してくれた。

「そいつは名乗らなかったのか」

「『ご両親は』って聞かれたから、おとっつぁんは達者ですけど、おっかさんは八年前に亡くなりましたって答えたら、気の毒なくらい気落ちされて……聞きづらくなってしまったの」

母の死を知った男は呆然《ぼうぜん》と目を見開き、しばらく言葉を失っていた。よほど母と懇意にしていたのだろう。

「それなのに、死んだことを今まで知らなかったなんて。おっかさんはずっとこの町内にいたんだから、きっとむこうが江戸にいなかったのね」

「そんな野郎が今頃どうして」

「あたしだって知らないわよ。お線香の一本も上げてもらえませんかって言ったんだけど、また今度って断られたわ」

相手にとって母の死はすぐには受け入れがたいほどの衝撃だったに違いない。

「案外、おっかさんに会いたくて戻ってきたのかもしれないわよ」

「馬鹿なことを言ってんじゃねぇ！」

よほど癇《かん》に障ったのか、間髪を容《い》れずに父が怒鳴る。その見幕にお糸はちょっと怯《ひる》んでしまった。

「そいつはいい身なりをしていたんだろう。おくにのことなんぞ忘れていたに決まってらぁ。そっくりなおめぇを見て、たまたま思い出しただけだ」

「そりゃ、そうかもしれないけど」

そこまでむきにならなくてもと、お糸は腹の中で言い返す。こちらの思いを知ってか知らずか、父にじろりと睨《にら》まれた。

「いいか、二度とそいつに近づくんじゃねぇぞ」

「でも」

「親の言うことが聞けないのか！」

再び声を荒らげられ、お糸は身体を固くする。それを見た父は舌打ちすると、熊手を持って立ち上がった。

「おめぇが俺の言うことなんぞ聞きゃしねぇのは承知している。だが、その男にだけは絶対に近づくんじゃねぇ」

険しい表情で念を押され、お糸はうなずくことしかできなかった。

三

四日後、お糸はむかっ腹を立てながら大伝馬町を歩いていた。父のことを相談したくて桐屋におみつを訪ねたところ、「忙しいからまたにして」と話も聞かずに追い返された。

お嬢さんの祝言を来月に控え、忙しいのはわかっている。おみつは奉公人だから、店まで押しかけたら迷惑だろうとも思っていた。それでも、訪ねずにはいられなかったこっちの気持ちも察して欲しい。

おみつちゃんだって、相談事があるときはこっちの都合にお構いなく押しかけて来るくせに。あたしはどんなに忙しくても、ちゃんと話を聞いていたわよ。

思いの外の冷たい仕打ちに自ずと足が速くなる。本当は比べられないことくらい、お糸だってわかっていた。家の手伝いをしている自分と奉公をしているおみつとでは立場が違う。おみつだって好き好んで邪険にした訳ではないだろう。

こういうとき、母が生きていればと思う。父と気まずくなったときは、母に相談すればいい。父に直接言えないことを伝えてもらうこともできただろう。

だからこそ、同じく母を失くしたおみつに話を聞いて欲しかった。父は恐らく、母と自分を間違えた男が誰か知っている。その上で「二度と近づくな」と言うなんて、どういう関《かか》わりがあったのか……。

何でもいったん気になり出すと、はっきりするまで落ち着かない。腹立ちまぎれにいつもより大股《おおまた》で歩いていたら、強い向かい風が吹いて枯葉と土埃《つちけむり》を巻き上げた。

冬の綿入れは厚みがある分、単衣《ひとえ》よりも裾《すそ》が重い。けれども突然の強風にきものの裾がめくれ上がった。

「きゃっ」

お糸は慌てて裾を押さえ、小さく叫んでしゃがみ込む。赤くなって辺りを見れば、塀の陰に立っていた力士のような大男がにやにやしながらこっちを見ていた。

年は二十二、三だろうか。この寒いのにきものの前をはだけさせ、わざと胸元をさらしている。風体といい、態度といい、どこからどう見ても堅気ではない。

大伝馬町は大店《おおだな》が数多く立ち並んでいるところだ。こんなところで昼間からいったい何をしているのか。お糸が訝《いぶか》しく思っていたら、大男が寄ってきた。

「よお、どうした」

はるか上から見下ろされ、背中に冷たいものが走る。

とはいえ、ここは人目も多いし、手を出してはこないだろう。お糸は素早く立ち上がり、自分より一尺（約三十センチ）くらい大きそうな相手の顔を見返した。

「大丈夫です」

「ほらほら、声が震えているぜ。どこか具合が悪いんだろう」

今にも舌なめずりしそうな顔で男はお糸の腕を摑《つか》む。

あたしの声が震えているのは、あんたが気持ち悪いからよ――面と向かって言ってやれたらさぞかしすっきりするだろうが、お糸にだって分別はある。揉めずにここから立ち去るにはどうしたらいいだろう。必死に考えていたら、背後から女の声がした。

「よね、やめとき」

よく通る、さして大きくない声が耳に届いたとたん、大男は弾《はじ》かれたように手を放してあたふたと立ち去った。お糸は驚いて声の主を捜したけれど、それらしい姿を見つけることはできなかった。

「今の声は女……だったわよね」

加えて言葉に上方なまりがあった気がする。一言で大男に言うことを聞かせられるなんて、いったいどんな人なのか。その姿を想像しようとしたが、まるで思い浮かばなかった。

それにしても、近頃はついていないことが多すぎる。西の市でせっかく熊手をもってきたのに、福はどこへ行ったのか。胸の中でこぼしながら表通りを歩くうち、知らぬ間に両国までやって来ていた。

広小路は本来火除け地だが、江戸はとにかく武家地が多くて、商売のできる場所が少ない。繁華な場所の広い空地を江戸っ子が見過ごすはずはなく、常時床見世《とこみせ》や屋台が立ち並び、かえって混み合っている始末だ。その広小路に面した米沢町で大きな普請をしているのを見て、お糸はわずかに首をかしげた。

離れを建て増したり、店の一部に手を加えるのはよく見聞きするけれど、燃えてもいない店を潰《つぶ》して、丸ごと建て替えるのはめずらしい。数日前も近くを通ったはずなのに、そのときはまるで気付かなかった。

「ここは小間物屋の紫屋さんでしょう。店を建て替えている間、どこで商いをしているんです」

「紫屋は潰れちまって別の店が建つんだよ。知らなかったのかい」

鉋《かんな》をかけている大工に聞くと、こともなげに返された。その返事に驚いてお糸は両手で口を押さえる。

米沢町の紫屋といえば、大名家にも出入りしている大きな小間物屋である。珊瑚《さんご》や鼈甲《べっこう》を使った高価な櫛《くし》簪《かんざし》や蒔絵《まきえ》の硯箱《すずりばこ》に手鏡など、娘が憧《あこが》れるような品々がたくさん並んでいた。その分敷居が高いので暖簾《のれん》をくぐったことはないが、いつか何か買ってみたいとひそかに思っていたのである。

言葉を失ったこっちの様子に大工は心配になったらしい。「ねえさん、大丈夫かい」と聞かれてしまった。

「大丈夫です。ちょっと、びっくりしてしまって」

「紫屋は大店だったからな。噂《うわさ》じゃ、大名にツケを踏み倒されたらしいぜ」

小さな声で耳打ちされて、お糸は再び言葉を失う。

だるまやにもツケを払わない客はいるが、元の値が安いのでたまったところで知れている。それに一文なしであろうとも人は食べない訳にはいかない。思い余って食い逃げや踏み倒しをしてしまうのは、許せないが理解できる。

でも、小間物屋は生きることと関わりない、贅沢《ぜいたく》なものしか売っていない。そこで高価なものを買って、踏み倒すとはどういうことか。またもや腹を立てていたら、「お糸ねえちゃん」と名を呼ばれた。

「こんなところで何してんのさ」

「達平《たっぺい》ちゃんこそ、ここで何をしているの」

大きな籠《かご》を背負った子供にきつい調子で問い返す。

達平は病の親を養うために頑張って働いている子だが、安易に信じると痛い目を見る。お糸と「天神様の寺社地には立ち入らない」と約束したにもかかわらず、その後もそこに立ち入って湯屋の焚《た》きつけを拾い続けた。挙句、行き倒れて死んだ女から紙入れごと金を失敬し、その女の赤ん坊をだるまやの前に捨てたのである。

そのおかげで赤ん坊は助かったとも言えるけれど、あれ以来、お糸の見る目は格段に厳しくなっていた。

「まさかとは思うけど……普請場から勝手に木材を持ち出しているんじゃないでしょうね」

「おいらは棟梁《とうりょう》の許しをもらって、ここで出る木くずを拾ってんだ。人を盗人《ぬすっと》呼ばわりしねぇでくれよ」

さも傷ついたという顔をされたが、うかつに謝る訳にはいかない。何しろこの子には前科がある。

「嘘《うそ》をつくと承知しないわよ」

「嘘じゃねぇって。ここの棟梁がおっとうの知り合いでさ。おいらが湯屋の焚きつけ拾いをしているって知って、声をかけてくれたんだ。ちいせぇのに親孝行のしっかりもんだって、おいら評判がいいんだぜ」

大声で言う様子からして、どうやら本当の話らしい。内心よかったと思ったけれど、それを素直に口にすればこの子はふんぞり返るだろう。

そこで「親孝行のしっかりもんねぇ」と意味ありげな調子で言うと、達平が不満そうに鼻を鳴らした。

「何か文句があるのかよ」

「親孝行のしっかりもんが大金をくれた相手にお礼もろくに言えないなんて。ずいぶんおかしな話よねぇ」

「……お糸ねえちゃんのいけず」

達平が頬《ほお》をふくらまし、恨めしそうにお糸を見上げた。

行き倒れ騒動の際、余一は加賀味からの礼金を丸ごと達平にやってしまった。その金で達平の母は医者にかかることができ、ずいぶん快《よ》くなったという。

しかし、達平は余一に「死んじまえっ」と罵《ののし》った後、知らん顔を決め込んでいる。お糸は早く礼を言えと再三促しているのだが、よほどばつが悪いのか、いっこうに御《み》輿《こし》を上げようとしない。

「ありがとうとごめんなさいは、時が経《た》てば経つほど言いにくくなるのよ。さっさと言ってしまいなさいって」

「うるさいな。言われなくてもわかってるって」

「だったら、どうして」

「男には男の意地があるんだ。女なんかにわかるもんかい」

たかが十歳の子供のくせに口だけは一人前だ。まったく、自分の周りには頑固者が多すぎる。お糸は苦笑して、達平の首にぶらさがっている守り袋に目を留めた。

「あら、お守りの紐《ひも》が切れそうよ」

「本当かい」

達平は驚いたように言い、守り袋を右手で引っ張る。お糸は慌てて注意した。

「そんなふうに引っ張ったら、本当に切れてしまうわ。どこで落とすかわからないから、懐に入れておきなさい」

「うん」

今度は素直にうなずくと、首から外したお守りをお糸に見せてくれる。

「おっかぁがおいらにくれたんだ。裏に名前がついてんだぜ」

言われて「無病息災」のお守りをひっくり返して見たところ、黒い糸で「達平」と縫い取りがしてあった。

「いいおっかさんね」

お糸が笑って言ったとき、「達平」と年かさの大工が呼んだ。

「ここにある細かいのは持ってっていいぜ」

「へいっ。ありがとうございます」

達平はお守りを受け取ると、呼ばれたほうに駆けて行く。お糸は店に戻ろうと歩き出したところ、「お糸さんじゃありませんか」と呼び止められた。

「ちょうどよかった。また会いたいと思っていたんです」

振り向けば、父に「会うな」と言われた母の知り合いが立っている。そういえば、最初に呼び止められたのもこの近くだった。

余一のことを別にすれば、父の言いつけには逆らいたくない。けれども、母の知り合いに失礼なこともしたくなかった。礼儀知らずと思われたら、男手ひとつで育ててくれた父の恥になってしまう。

「少し付き合ってもらえませんか。おくにさんのことで話があって」

笑顔で用件を切り出され、お糸はためらいながらも断った。

「すみません。そろそろ店に戻らないと」

「そんなに時は取らせません」

思いがけない相手の押しの強さにとまどいつつ、お糸は首を横に振った。

「うちのおとっつぁんが心配します。知らない人とは口を利くなとうるさく言われているもので」

こちらの事情を打ち明ければ、相手は目をしばたたく。自分の素性は知られていると思い込んでいたらしい。

「これはどうも失礼しました。二十年前、江戸にいたときは林田修三《はやしだしゅうぞう》と名乗って仇《かたき》を追っておりましたが、今はただの修三として京の呉服問屋で番頭をしております」

だから、今まで母の死を知らなかったのか。お糸はようやく納得して相手の姿をじっと見た。身なりや物腰から商家の主人か番頭だろうと察しはつけていたものの、江戸にいたときは侍で、仇を追っていたとは思わなかった。

つまりこの人こそ、母の初恋の人なのだ。

父は人相や特徴から、娘を呼び止めた男が林田修三だと察したに違いない。道理で「二度と会うな」というはずである。

「仇を追って上方まで行ったものの、この手で討ち果たす前に死なれてしまい……私はやむなく刀を捨て、町人となったのです」

「それで、どうしてまた江戸に」

「主人の言いつけで参りました。二十年ぶりですよ」

おとっつぁんは「侍のくせに仇討ちを諦めた」と見下していたけれど、本当は上方まで仇を追って行ったのか。

もっと早く仇討ちを断念していたら、母はこの人と所帯を持っていたかもしれない。そんな思いが修三にもあるのだろうか。母の面影を探すようにお糸の顔を見つめ返す。

「おくにさんはどうして亡くなったんです」

「病に倒れて、三月とかかりませんでした」

ありのままを答えながら当時のことを思い出す。看病空しく母が死んでしまったとき、父は女房の亡骸《なきがら》に取り縋《すが》って詫《わ》び続けた。

——俺にもっと甲斐性《かいしょう》があれば……おくに、すまねぇ。すまねぇ。

お糸は祖父母の顔を知らない。もの心がついたときには父方も母方も亡くなっていて、血のつながった身寄りといえば両親がいるだけだった。

——口ではごちゃごちゃ言ったって、嫁の腰巻まで洗ってやっているんだろうが。もしもお品がいなかったら、どんなに具合が悪かろうと嫁がやるしかねぇんだぞ。

死んだ母のことを思えば、父の言いたいことがわかる。夫婦二人だけのところに子が生まれれば、女房は二六時中赤ん坊から目が離せない。それがどんなに大変か、孝太を拾って思い知った。

誰か身内がそばにいて家事や子育てを助けてくれれば、母も少しは楽だったろう。おまけに母は父の店の手伝いもしなくてはならなかった。一年中、今の自分よりも荒れた手をして働いていた。

「それでも、あたしは母のつらそうな姿を思い出すことができません。覚えているのは、楽しそうに笑っていた顔だけです。長生きはできなかったけど、おっかさんはしあわせだったと思います」

お糸が話し終えると、林田が懐から守り袋を取り出した。よほど古いものらしくあちこち擦り切れている上に、全体を覆う褐色の染みが汚らしい。

「これは昔、おくにさんが私にくれたものです。きっと仇を討てるようにと」

我知らず眉をひそめたお糸は母の手製と知って慌てた。

改めてよく見れば、元は白かったと思われる生地に蜂《はち》のとまった黄色の花が刺繍《ししゅう》されている。茶色の大きな染みのせいで台無しになっているものの、母が修三に渡したときはさぞかしかわいらしかったろう。

とはいえ、仇討祈願にふさわしいお守りとは思えない。どうしてもっと猛々《たけだけ》しい、強そうな柄にしなかったのか。それに花には蝶《ちょう》がつきもので、蜂というのはあまり聞かない。釈然としない思いでいたら、察したように修三が笑った。

「蜂はぶうんと飛んでいく。だから、武運が上がるはずだとおくにさんは言っていましたよ」

母らしからぬ駄洒落《だじゃれ》とわかり、お糸は顔を引きつらせる。「それなら、飛んでいる蜂を刺繍すればよかったのに」と言おうとして、母の気持ちに気が付いた。

恐らく母は……仇討を諦めて欲しかったのだ。

ひとりで飛んで行かないで、自分のそばにいて欲しい。口に出しては言えない思いを飛ばない蜂に託したのだろう。

けれども切ない思いは通じず、母は父と一緒になり、修三はひとりで仇を追った。

そして自分がここにいる。

そう思うと、この汚れも流れた時の長さを伝えているようだ。何の染みか気になってお糸がじっと見つめていたら、

「うっかり醬油《しょうゆ》をこぼしてしまって。おくにさんが生きていたら、きっと怒られたでしょうね」

「これはさすがに、おかみさんに洗ってもらえませんものね」

こんなものを見られたら、「誰にもらった」と問い詰められる。からかうような口調で言うと、修三が月代《さかやき》に手をやった。

「私は奉公人ですから、今も独りですよ」

短い返事を聞いたとたん、お糸は胸が熱くなった。この人はずっと母を思い、古くて汚い守り袋を持ち続けてくれたのだ。

――おめぇが俺の言うことなんぞ聞きゃしねぇのは承知している。だが、その男に

だけは絶対に近づくんじゃねぇ。

父の言葉が頭をよぎり、お糸は束の間ためらう。けれど、言わずにはいられなかった。

「よかったら、このお守り袋を預からせてもらえませんか。あたしの知り合いならこの染みを落とせると思います」

「いや、そんなことは」

「お願いです。預からせてください」

流れた時は取り戻せないが、この守り袋を元の姿に近づけることはできる。心を込めて訴えれば、修三がためらいがちにうなずいた。

「……そこまでおっしゃるなら、お願いしましょう。私は今月一杯、この先の山田屋《やまだや》という旅籠《はたご》にいますので」

四

修三と別れてから、お糸は櫓《やぐら》長屋へ走った。余一に事情を打ち明けて守り袋を渡したところ、

「どうして」

まさかの返事にお糸は無言で目を瞠《みは》る。だが、すぐに気を取り直して「どうして」と詰め寄った。

「修三さんはこんなに汚れたお守りを二十年も持ち続けてくれたのよ。余一さんなら、古い染みでも落とせるでしょう」

「あいにく仕事が立て込んでんだ。役に立たないお守りにかまけている暇はねぇ」

「役に立たないって、このお守りは」

「そいつは仇を討てなかったんだろう。まして刀を捨てたのなら、仇討祈願のお守りなんぞ何の役に立つってんだ」

ためらうことなく言い返され、お糸は今度こそ言葉を失った。

どんなに粗末なものだろうと、持ち主の思いを汲《く》みとって見事によみがえらせてくれる。それが余一ではなかったのか。

「親父さんはその男に近づくなと言ったんだろう。どうして言うことが聞けねぇんだ」

父の言うことに従えば、余一にも会えなくなってしまう。お糸は唇を震わせたが、やはり声は出なかった。

——どっちもお糸ちゃんを心底大事に思っていやがる。

六助はそう言ったけれど、勘違いも甚だしい。心底大事に思っているなら、こんなことを言うものか。

夏に孝太の面倒を見たとき、余一の心に近づけた気がした。けれども、孝太がいなくなると余一はだるまやに来なくなった。その上、女装した千吉を連れてきて、ますます父を頑《かたく》なにした。

余一さんはあたしのことを何とも思っていないんじゃない。むしろ迷惑だと思っているんだ。力なくうなだれると、余一の声が耳に入った。

「山田屋に泊まっているのなら、こいつはおれから返しておく」

「そんなことしなくていいわ。始末をする気がないなら、今すぐ返して」

お糸は手を差し出すが、返ってきたのはため息だ。

「もう少し親父さんの気持ちも考えてやりな。男手ひとつで育ててくれた、大事なとっつぁんだろう」

他人に言われるまでもない。母が死んでから、父がどれだけ苦労して自分を育ててくれたことか。だから感謝しているし、自分も精一杯家事や店の手伝いをした。娘らしい習い事などしたことはなく、紅白粉《べにおしろい》のつけ方も知らない。芸者の染弥《そめや》にもらった紅も未《いま》だに使ったことがなかった。

——おまえは姿勢がいいから、踊りでも習ってみるかい。

——紅はこうやってつけるんだよ。

どこの家でも母が娘に言うのだろうが、自分の周りにはそういう気遣いをしてくれる人がいなかった。お品や近所のかみさんたちは身内のことで忙しい。頼んだことはやってくれても、口にできない願いまで察してくれる訳ではない。

それでも、自分は恵まれているとお糸はいつも思っていた。おみつの父は後添いをもらって娘を邪険にしたけれど、父は母の忘れ形見を何より大事にしてくれる。そう信じていたからこそ、娘らしく着飾れなくても、店の手伝いが忙しくても、いつも笑っていられたのに。

——親の言うことが聞けないのか！

——親父さんはその男に近づくなと言ったんだろう。どうして言うことが聞けねぇんだ。

まさか余一だけでなく、父にも迷惑だったのか。両手を握りしめたとき、余一がぼそりと呟《つぶや》いた。

「おれは男だから、お糸ちゃんのおとっつぁんの気持ちがよくわかる。大事な娘を守りてぇ。すべてはその一念なんだ」

「だったら、あたしの気持ちはどうなるのっ」

積もりに積もった思いが弾け、お糸はとうとう叫んでしまった。

「二人とも女にはわからねぇとか、黙って言うことを聞けとか……あたしにだって頭もあれば、心だってあるんだから」

涙声で言い捨てて守り袋をひったくる。呼び止める声を振り切って両国に向かって走り出した。

修三と母が結ばれていたら、自分はこの世に生まれていない。それはわかっていたけれど、今すぐ母が恋した人に会いたかった。死んだ母には聞けないことを修三に聞いてみたかった。

十一月の日の入りは早い。もう半刻（約一時間）もしないうちに、夕飯を食べる客が店に押しかけてくるだろう。父は帰りが遅すぎると気を揉んでいるはずだ。

仏頂面で店をうろつく見慣れた姿がまぶたに浮かぶ。それでも、ここで踵《きびす》を返して店に戻る気になれなかった。息せき切って横山町まで来たところで、塀の陰で女と話す修三の姿に気が付いた。

修三が今も独りなら、女がいたっておかしくはない。まして二十年ぶりの江戸であれば、羽を伸ばしたくなるだろう。頭ではちゃんとわかっていても、裏切られたような気分になった。

一緒にいる女は色っぽい中年増《ちゅうどしま》で、黒地に白の竹縞《たけじま》柄に花亀甲《はなきっこう》紋を織り込んだ赤茶の帯を締めている。ごくありふれた恰好《かっこう》なのに、背筋がぴんと伸びていて錦絵《にしきえ》のように美しい。

着こなしといい、姿勢といい、芸者か踊りの師匠だろうか。お糸は足音を忍ばせて、そっと二人に近寄った。

「……桐屋は祝言の支度を」

「……いっそのこと、祝言の前に桐屋の娘をかどわかして……そうすりゃ、桐屋も……」

「それは……」

ところどころ聞こえた言葉にお糸はごくりと唾を呑む。

まさか修三から「桐屋の娘をかどわかす」なんて物騒な言葉が飛び出すとは。まかり間違っても京の呉服問屋の番頭が口にするような台詞《せりふ》ではない。

そういえば、ずっと上方にいた割に修三の言葉はなまっていない。堅気の奉公人が昼日中、盛り場をうろついていたのも妙な話だ。

おっかさんの惚れた人はとんだ悪党になっていたのか。お糸は内心震え上がり、この場を立ち去りたくなった。

だが、二人の言う「桐屋」がおみつの奉公先ならば、このまま見過ごす訳にはいかない。悪だくみをしっかり聞いて、幼馴染みに伝えなければ……。

お糸は勇気を奮い起こし、さらに話を聞こうとして。

「何をしているんだい」

振り向けば、桐屋のそばで絡まれた大男が立っている。声を上げる前に口をふさがれ、お糸は気を失った。


「気が付いたかい」

再び声が聞こえたとき、お糸はさるぐつわを噛《か》まされて手足を縛られていた。

頭上の月で屋外だとわかったものの、ここは果たしてどこなのか。不自由な身体で身じろぎすれば、さっきの大男に顔をのぞき込まれた。

「また会えてうれしいぜ。やっぱりおめぇとは縁がある」

とっさに「馬鹿言わないで」と怒鳴ろうとしたが、うめき声しか出て来ない。奥歯でさるぐつわを噛み締めれば、相手の顔に好色な笑みが浮かんだ。

「大工どもは帰ったから安心しな。夜は長い。たっぷりかわいがってやる」

ということは、ここは米沢町の普請場だろうか。時刻はわからないけれど、盛り場は夜更けまで人が通る。どうにかして悲鳴を上げれば、きっと誰かが気付いてくれる。

お糸が希望を持った刹那《せつな》、大男にのしかかられた。

じかに感じる熱とにおいで身体中に悪寒が走る。重たい身体で押さえ込まれ、身をよじることさえできない。懐に手を突っ込まれ、お糸は狂ったように首を振った。

父の言いつけを守っていれば、こんなことにはならなかった。いつもの強気は消え去って、閉じた目からは涙があふれる。

おとっつぁん、おとっつぁん、おとっつぁん……祈るように呼び続けていたら、頭上で鈍い音がした。

「ぎゃあっ」

「お糸ちゃんに何しやがるっ」

聞き覚えのある声にお糸は思わず目を見開く。大男は飛びのいて、声の主に向かって吠《ほ》えた。

「この野郎、ぶっ殺してやるっ」

物騒な言葉にお糸は青ざめ、必死で身体の向きを変える。懸命に顎をそらして見れば、余一が握った材木で大男の刃物をかわしていた。

「――――！」

月明かりの下、お糸の発した絶叫はさるぐつわに邪魔される。大男の額には血が流れ、表情は悪鬼そのものだ。体格と得物《えもの》の違いもあり、余一の劣勢は明らかだった。

どうして余一さんは声を上げて助けを呼ばないのか。さるぐつわさえなかったら、あたしが町内中に響く声で悲鳴を上げてやったのに。

はらはらしていたら案の定、大男の刃物の先が余一の左腕をかすめた。

「っつう」

「ほらほら、次はぐさりといくぜ」

端正な顔がしかめられ、大男が唇を舐《な》める。お糸はとても見ていられず、涙で濡《ぬ》れた目を閉じた。

そのとき、

「よね、やめとき」

桐屋のそばで聞いたのと同じ女の声がした。

「適当な場所がないからいうて、ここでことに及ぶやなんて開いた口がふさがらへんわ。まして刃物なぞ持ち出して、騒ぎになったらどないする気や」

声のするほうをよく見れば、さっき修三と話していた色っぽい中年増が立っている。江戸者に上方なまりはもの柔らかく聞こえるけれど、女の発する気配は冷たく、大男はうろたえていた。

果たして、この女はあたしたちの味方なのか。固唾を呑んで見つめていたら、女が余一をちらりと見た。

「あんたがもたもたしているから、この子に悲鳴を上げられるとこやったわ」

おっとりうそぶく女の脇では、なぜか達平が震えている。どうやら細い首筋に刃物を突き付けられているらしい。

「お遊びはもう終わりや。さっさとずらかるえ」

「姐《ねえ》さん、そいつぁ殺生だ。こいつらを放《ほう》っておいたら」

「あんたの都合なぞ聞いてへん」

大男は異を唱えたが、女に睨まれて刃物をしまった。女はそれを見届けて、達平の顔をのぞき込む。

「今晩のことは内緒にしてな。約束やで」

「は、は、はい、誰にも言いませんっ」

刃物を向けられたまま口止めされて、達平が裏返った声を出す。女はかすかに微笑《ほほえ》み、顔を上げて余一を見た。

「余計なことをすれば、そこのお嬢さんばかりかこっちの子にも累が及ぶ。よう覚えといてや」

軽い調子で言い終えるなり、女は達平を突き飛ばして大男と走り去る。余一は後を追ったりせず、お糸のそばにひざをついた。

「お糸ちゃん、大丈夫か」

心配そうな声で聞き、さるぐつわと手足の縄をほどいてくれる。お糸はしばらく答えることもできなかったが、余一の左袖を見て我に返った。

「余一さんこそ大丈夫なのっ」

勢い余って左腕を掴み、相手の顔をしかめさせた。

「ご、ごめんなさい」

「いや、かすっただけだから大丈夫だ。それより、お糸ちゃんは」

「あたしは大丈夫。余一さんが来てくれたから」

急いできものの前を合わせれば、余一の顔がわずかにほころぶ。そこへ達平が「お糸ねえちゃん」と危なっかしい足取りで寄って来た。

「間に合ってよかった。お糸ねえちゃんにもしものことがあったら、どうしようかと思ったぜ」

「ありがとう、達平ちゃん。でも、どうしてここに」

「おっかぁの守り袋を落としちまって、ここまで捜しに来たんだよ。そしたら、お糸ねえちゃんが牛みたいな男に捕まっているのを見ちまってさ。慌てて助けを呼びに行ったら、ちょうどこいつと出くわしたんだ」

もし達平が守り袋を落とさなかったら、今頃どうなっていたことか。我知らず身体が震え出し、お糸は自分の肩を抱く。思いのこもったお守りは、持ち主どころかその知り合いまで守ってくれたらしい。

「達平ちゃんのおっかさんによろしく言ってちょうだいね。お守りと達平ちゃんのおかげで助かりましたって」

「うん」

達平が得意げにうなずく傍らで、余一が背中を向けてしゃがみ込む。

「親父さんが心配している。送って行くから背中におぶされ」

「い、いいわよ。余一さんこそ怪我《けが》をしているのに」

気持ちだけで十分と言い、お糸は立ち上がろうとした。しかし、気持ちとは裏腹に膝《ひざ》が笑って立ち上がれない。

「遠慮なんかしなくていい。ほら、早く」

再度強く促され、お糸は恐る恐る余一の背中におぶさった。

どうしてこんな真似《まね》をするのだろう。あたしの思いが迷惑なら、放っておけばいいじゃないか。止まったはずの涙がまたもやあふれそうになり、お糸は何度も洟《はな》をすする。

「ちぇ、恰好つけやがって」

歩き出した余一の隣で達平が小さくぼやいた。

娘の身を案じた父は真っ先に櫓長屋へ行ったらしい。お糸が戻っていないと知って余一は山田屋へ走ったが、「修三さんという方は今し方お発《た》ちになりました」と旅籠で言われてしまったそうだ。

「嫌な予感がして山田屋を飛び出したら、血相を変えて走ってくる達平と出くわした。本当に運がよかったよ」

店に戻る道すがら、余一がぽつりぽつりと教えてくれる。達平とは玉池稲荷《たまいけいなり》の近くで別れ、今は余一と二人きりだ。月の明るい晩なので提灯《ちょうちん》がなくても困らない。

行きは夕日に背を向けて無我夢中で両国へ走った。父を憎み、余一を恨み、母が生きていればと思った。

けれど、今は……。

お糸は背中にしがみつく手にほんの少し力を込めた。

五

「だから、あの男に近寄るなと言っただろうっ」

だるまやに戻るなり、父の大きな雷が落ちる。時刻はまだ五ツ（午後八時）過ぎだが、客はひとりも残っていない。どうやら店は休んだようだ。

突然の休みに晩飯を食べに来た客は困惑したに違いない。せっかく仕込んだ料理も無駄になってしまった。

「ごめんなさいっ」

震える声で謝ると、涙をこらえられなくなる。父の顔を見たとたん、心のたがが緩んだらしい。同時に堪《こら》えていた思いまで堰《せき》を切ったようにあふれ出した。

「だって、おっかさんが好きだった人だと思って……二十年前のお守り袋を大事に持っていてくれて……悪い人だと思わなくて……だから、だから……」

しゃくりあげながら言ったところで言い訳にもならないだろう。父の言いつけに逆らってこんな迷惑をかけてしまった。

「どうしてこんなことになったのか、順を追って話してみな。説教はそれからだ」

父が知っているのは、酉の市の日に修三と会ったことだけだ。そこで今日あったことを包み隠さず話したら、さらに険しい顔になった。

「要するに、おめぇは余一に冷たくされて林田のところへ行こうとした。そのせいで悪だくみを耳にして、手籠《てご》めにされそうになったってんだな」

「おとっつぁん、それは違うわ」

その言い方では余一のせいで自分がひどい目に遭ったみたいだ。驚きと怒りで涙が止まり、お糸は父に食ってかかる。

「余一さんが助けてくれなかったら、あたしは今頃どうなっていたか。娘の恩人になんて口の利き方よ」

「てやんでぇ。口の利き方がなってねぇのは、俺より余一のほうだろうが。だから、おめぇは腹を立てて林田のところへ行ったんだろう」

「それはあたしがいけなかったの。余一さんはちゃんと『修三さんに関わるな』って言ってくれたのよ。『おとっつぁんの気持ちをもっと考えてやれ』って」

「何をえらそうに。おめぇが守り袋を持ってったとき、余一が黙って受け取っていりゃあ、こんなことにはならなかったんだぞ」

「いい加減にしてよ！」

理不尽な父の言葉にお糸は生きた心地がしない。余一は黙っているけれど、きっと怒っているだろう。余計な口を封じるべく力一杯父を睨んだ。

「おとっつぁん、前に言ったわよね。余一さんはおっかさんが好きだった人に似ているって。それって修三さんのことなんでしょう」

はっきりと言葉にすれば、父が一瞬息を呑む。しかし、すぐ気を取り直し「だったら、何だ」と言い返した。

「それを承知で、おめぇは林田に近づいたんだろうが。俺があれほど近づくなって言ったのによ」

「あたしは近づく気なんてなかったわ。今日会ったのはたまたまで」

「へっ、泣き付こうとしたくせによく言うぜ」

唾を飛ばして吐き捨てられ、お糸はようやく悟った。

——かわいい娘の口から「余一さんさえいればいい」なんて、事あるごとに聞かされてみろ。もう俺はいらねぇのかと、清八さんだってへそを曲げたくなるじゃねぇか。

六助が前に言ったことはどうやら当たっていたらしい。父は怒っているのではない。

余一ばかりか修三にまで焼いているのだ。

「あたしは昔の姿を知らないけど、今の修三さんは余一さんとこれっぽっちも似ていなかったわ。余一さんと似ているのはおとっつぁんのほうよ」

「俺のどこがこの野郎と似ているってんだっ」

よほど納得いかないのか、父が声を荒らげる。けれども、お糸は怯まなかった。これには絶対の自信がある。

「顔以外の何もかもよ。腕はいいのに商売っ気がなくて、頑固で真面目でしまり屋で誰よりもお人よしっ。さぁ二人とも、違うってんなら言い返してちょうだい」

喧嘩腰でまくしたてれば、父はもちろん余一まで目を瞠《みは》る。そして互いの顔を見て、ぎこちなく目をそらす。

やや して口を開いたのは父のほうだった。

「俺はこの野郎みてぇに人嫌ぇじゃねぇ」

「さんざん余一さんを嫌っておいて、人嫌いじゃないもないもんだわ」

「……俺のほうが商売っ気はある」

「ツケが溜まっている人にも食べさせてやっているくせに。取り立てはあたし任せにしておいて、商売っ気が聞いて呆れるわよ」

面白くなさそうに言われるたび、お糸はぴしゃりと否定する。余一はいつになく落ち着かない様子だったが、とうとう「お糸ちゃん」と名を呼ばれた。

「その辺にしときな」

口数の少ない男の声は有無を言わせぬ響きがある。お糸がおとなしくうなずくと、父は一気に不機嫌になった。

「お糸は俺の娘だ。横から指図してんじゃねぇ」

「おれは別に」

「指図なんかしてねぇってか。おめぇらはいつだってそうだ。女のほうから寄ってくるからっていい気になりやがって」

「そんなことは」

またぞろ言いがかりをつけられて、お糸は慌てて割って入る。

「おとっつぁん、焼きもちもたいがいにしてよ」

「何だとっ。人聞きの悪いことを言うんじゃねぇ」

「余一さんと修三さんはまるっきり別人なの。第一、おっかさんはおとっつぁんを選んだのよ。どうして焼かなきゃならないの」

面と向かってはっきり言えば、父は言葉を失った。どうやら、己の本心にちっとも気付いていなかったらしい。

三人しかいない店の中に決まりの悪い静けさが落ちる。そして、いかにも不本意そうに父がぼそりと言った。

「……すまなかったな」

「いえ」

「おかげで助かった」

「いえ」

ぶっきらぼうな短い言葉に余一が素っ気なく返事をする。やっぱりよく似た二人だとお糸は改めて意を強くした。

「お糸ちゃん、あの守り袋を出してくれ」

余一に言われて懐から取り出せば、父が食い入るようにそれを見つめる。その傍らで余一が遠慮がちに言った。

「その染みは醤油なんかじゃありやせん。正真正銘人の血でさ」

「まさか」

期せずして父子で声を揃え、お糸は余一の左袖を見た。

紺色のきものの袖には赤黒い染みができていて、ひと目でそれが血だとわかる。母の守り袋は白地だから、血の赤がもっと目立つだろう。「色が違う」とお糸が言えば、余一は首を左右に振った。

「血の染みは時と共に変色するんだ。こいつは年季が入っているから、醤油みてぇな色になったのさ」

「そんな……」

汚れの正体が血と知って、手の中の守り袋が急に恐ろしく感じられた。染みは一滴、二滴ではない。大量の血が付かなければ、こんなふうにはならないだろう。

「元は仇討祈願のお守りだというから、血に染まっていたところでおかしくねぇかもしれねぇ。だが、むこうから『醤油の染みだ』と断ったところが引っかかって、おれから返すと言ったんだ」

何で汚れたかによって染み抜きの仕方が違ってくる。どういうつもりでそんな嘘をついたのか、じかに確かめるつもりだったという。

「それじゃ、そのお守りを始末する気はあったのね」

我知らず呟けば、余一が気まずげに目をそらす。

相手が本物の悪党なら、血の染みの訳を聞けば厄介なことになるだろう。また、古い血の染みは余一でも落としにくいそうだ。

「だが、ものがものだけに放っておく気になれなかった。親の顔を知らないおれですら、誰がくれたかわからねぇ守り袋を持っている。何の役に立たなくても、そいつがあるだけで救われたもんだ」

けれど、危険から遠ざけるつもりでかえって危ない目に遭わせた――余一に頭を下げられて、お糸は何度も首を振る。

余一は糸くず一本でも大事にするし、どんな仕事も手を抜かない。忙しいというだけで仕事を断るはずがないのに……言葉とは裏腹のやさしさをわかっているつもりで見落としていた。

口を開けばまたもや涙が出てきそうで、お糸は謝ることもできない。代わって父が口を開く。

「おめぇには言い交わした女がいるのか」

唐突な問いに余一は束の間たじろいだが、「いえ」と短く答えた。

「この間、御高祖頭巾のべっぴんをこれ見よがしに連れていたじゃねぇか。ありゃ、おめぇの何なんだ」

「あいつはただの客です」

「特別な仲じゃねぇんだな」

「へえ」

「だったら、お糸をどう思う」

その言葉を聞いたとたん、お糸は真っ赤になって叫んだ。

「ちょっと、おとっつぁん」

「お糸はおめぇに惚れている。おめぇもその気なら、俺はもう反対しねぇ」

「お、おとっつぁん、藪から棒にどうしたの」

突然の心変わりにうれしいよりも戸惑いが先に立つ。果たして何がきっかけでそんなことを言い出したのか。しどろもどろに尋ねれば、父が苦笑した。

「二十年前、おめぇのおっかさんから俺と一緒になると言われたときは、天にも昇る気分だった。俺を亭主に選んだことを絶対に後悔なんかさせねぇ。必ずしあわせにしてみせると天地神明に誓ったもんさ」

けれど、貧乏人相手の一膳《いちぜん》飯屋は忙しい割に儲《もう》けが少ない。おくには無理を重ねて働き続け、そのせいで命を縮めてしまった。

自分と一緒にならなかったら、おくにはもっと長生きできた。冷たくなった亡骸に縋り、父はそう思ったという。

「だから、おくにが死んでからずっと気がかりだった。俺と一緒になって、あいつはしあわせだったのかって。ひょっとしたら、林田について行けばよかったと後悔していたんじゃないか……そんなことを思っていたら、おめぇが余一に惚れやがった」

振り向いてくれない男を一途《いちず》に思う娘の姿は、かつてのおくにそっくりで見ているのがつらかったそうだ。

「おまけに、『好きな人と一緒になれなきゃ、一生嫁になんか行かない』と繰り返し言いやがる。あれを聞くたび、胸が締め付けられたもんだ」

お糸の言う通りなら、自分と一緒になったおくにはしあわせでなかったことになる。いや、そんなはずはない。女は惚れた男とより、惚れられて一緒になるほうがしあわせになれるに決まっている。そう思いたい一心で余一との仲をことさら反対したらしい。

「だいたい余一は俺よりも商売っ気がねぇじゃねぇか。おくにみてぇに早死にされたら、悔やんでも悔やみきれねぇ。だが、おめぇもじき十九だし、余一は身体を張っておめぇを助けてくれた。この際だから認めてやっても」

「馬鹿なことを言わないで！」

最後まで聞いていられなくて、お糸は父を遮った。

「おっかさんが好きでもないのにおとっつぁんと一緒になったっていうの？　しかも、

しあわせじゃなかったなんて……女を見くびるのもたいがいにしてよっ」

母は最初から父を好きだった訳ではないかもしれない。けれど、その思いにほだされて一緒になることを決めた。そう決心したときから、父が一番大事な人になったに決まっているではないか。

惚れた亭主と一緒だから、忙しくても笑っていられた。好きな人のためだから、毎日無理を重ねてしまった。そのせいで命を縮めても、母はしあわせだったはずだと娘として断言できる。

「でなきゃ、貧乏な一膳飯屋に死ぬまでいるもんですか。恋女房の気持ちを疑うなんて、罰当たりもいいところよ」

話すうちに気が高ぶって涙があふれてきてしまう。これは悲しいからじゃない。見当違いも甚だしい父に対する怒りの涙だ。

お糸の剣幕に押されたのか、父は小さくうなずいた。

「確かにそうだな。どうだ、余一」

再度水を向けられても余一は口を開かない。立ち尽くす色男に父が含み笑いをする。

「親馬鹿で言うんじゃねぇが、お糸はいい女房になるぜ」

さすがに居たたまれなくなったのだろう。余一は黙ってだるまやを出て行った。

六

翌日早々、お糸は余一と共に桐屋に行った。父は渋い顔をしたが、桐屋のお嬢さんが危ないのなら黙っている訳にはいかない。まずはおみつに事情を話すと、すぐさま主人の座敷に通された。

「では、その三人はお玉のかどわかしを考えているというのですか」

「あいにく話はところどころしか聞き取れなかったんです。桐屋というのがこちらのお店かどうかもはっきりしませんし……でも、祝言を控えたお嬢さんにもしものことがあったらいけないと思って」

大男を最初に見かけたのは桐屋のすぐそばだった。何をしているのかと思ったが、桐屋をつけ狙《ねら》っていたなら話はわかる。

次に、余一に描いてもらった三人の人相書を差し出すと、おみつが「あっ」と声を上げた。

「旦那様、あたしはこの女を近所で見たことがあります。ひとりは名前もわかっていますし、お上に訴え出たほうが」

「そんなことをしたら痛くもない腹を探られるだけだ。それに、お糸さんたちは余計なことを言うなと脅されているんだろう」

主人に言われてそのことを思い出したらしい。おみつが青くなって頭を下げた。

「ごめんなさい。あたしったら」

「いいのよ。お嬢さんが危ないと思ったら、黙っていられないわよね」

お糸が本心から言えば、おみつが主人のほうを見る。相手がうなずくのを待って、お糸の耳元で囁《ささや》いた。

「ここだけの話なんだけど……お嬢さんの結納のあと、『大隅屋との祝言を取りやめろ』って脅し文が届いたのよ」

お玉はもちろん、桐屋にはそんな脅しをかけられる心当たりはまったくない。かといって、大隅屋に聞くのもはばかられる。そこで様子を見ていたら、紅で赤く染まったきものがお玉宛《あ》てに届いたり、猫の死骸《しがい》が母屋に投げ込まれたりしたという。

「そのせいでお嬢さんはすっかりふさいでしまって。今度こいつらを見かけたら、あたしが後をつけてやるわ」

それで自分が訪ねてきたとき、話も聞かずに追い返したのか。おみつの事情がわかってお糸は納得したけれど、

「お願いだから危ない真似はしないでちょうだい。取り返しのつかないことになったらどうするの」

忠義者の幼馴染みに血相を変えて言う。余一が助けてくれなければ、自分だって今頃はどうなっていたかわからない。

こちらの怯えが伝わったのか、桐屋の主人は深々と頭を下げた。

「このたびは面倒に巻き込んでしまい、申し訳ないことをしました。これは些少《さしょう》ですが、見舞いとして受け取ってください」

「いえ、あたしは大丈夫ですから。どうか気にしないでください」

達平を連れて来なくてよかったと思いつつ、お糸は急いで両手を突きだす。それがおかしかったのか、桐屋の主人が微笑んだ。

その昔、後藤屋のひとり娘にひと目惚れされたというだけあって、桐屋の主人は役者にしたいようないい男である。修三も整っていたけれど、こちらのほうがはるかに上品な顔立ちをしている。

余一さんは修三なんかより桐屋の旦那様に似ているわ。お糸は主人の顔を見ながら、胸の中で呟いた。

そしてだるまやに帰る途中、お糸はおずおずと余一に尋ねた。

「あの、昨日のことだけど」

「昨日は本当に大変だったな。身体は本当に大丈夫なのか。今日は昼から店を開けるんだろう」

「え、ええ、あたしは怪我なんてしていないから。余一さんこそ大丈夫なの」

「ああ」

余一がぶっきらぼうにうなずいたあと、二人の間に沈黙が落ちる。お糸は気を取り直し、再度口を開いた。

「あの、それで、おとっつぁんの言ったことなんだけど」

「これから先は親父さんの言うことを聞くようにしたほうがいい。さすがにお糸ちゃんも懲《こ》りただろう」

自分の話を遮って余一が早口で言い返す。どこか噛み合わないやり取りの末、ようやくお糸は気が付いた。余一は昨日の父の言葉をなかったことにしたいらしい。遠まわしの拒絶に傷付きつつ、お糸は仕方なく話題を変えた。

「おっかさんの作ったお守りなんだけど、やっぱり始末をして欲しいの」

「親父さんは承知したのか」

「ええ。おっかさんの作ったものを捨てることはできないし、血の染みなんて気持ちが悪いもの」

　そんなものを修三は後生大事に持っていた。身を持ち崩した悪党にとって、母との思い出は数少ない美しいものだったのだろう。一方、父にとっては決してふさがることのない傷に変わっていたらしい。

　――おめぇは自分で紡いだ初恋っていう思いの糸に手足を捕られちまっているのさ。

　前に父はそう言ったが、初恋の糸に捕らわれていたのはむしろ父のほうだった。それが高じて娘の恋路を邪魔するなんて、大人気ないにもほどがある。

　そもそも父が思うほど母は修三に惚れていたのか。仇を追う若くて二枚目な侍がいれば、年頃の娘は気になって当然だ。母に夢中だった父はことさら重く受け止めて、引きずってしまったのだろう。

「時が経って色変わりするのは、きものばかりじゃなかったのね」

　今が不幸だとは思わないが、思い出の中の両親はいつだって笑っていた。それなのに、父が母の気持ちを疑っていたなんて。お糸は何だか悲しくなって下駄の先で小石を蹴《け》る。

「一番そばにいた人に信じてもらえないなんて……おっかさんがかわいそうよ」

「世の中、きれいなものほど汚れやすいのさ」

独り言めいた呟きにお糸は慌てて顔を上げる。

「どういうこと」

「親父さんは死んだ女房の面影をあんまり大事にし過ぎたんだ。胸の中でさんざんいじっているうちに余計な染みができたんだろう」

言われた意味を摑みかねてお糸は目をしばたたく。余一は歩みを緩めると、やっとこっちを見てくれた。

「どれほど大事に扱っても、触れれば汗や脂がつく。洗濯だって繰り返せば、生地が傷んでくるもんだ。そいつを元に戻そうとあれこれ手をかけ過ぎて台無しにすることもあるんだよ」

淡々とした説明に父の言葉を思い出す。

――おくにが死んでからずっと気がかりだった。俺と一緒になって、あいつはしあわせだったのかって。ひょっとしたら、林田について行けばよかったと後悔していたんじゃないか……。

そう思い詰めるまで、父は胸の中の面影にどれほど語りかけたのだろう。返って来ない言葉を求めてもがき苦しんでいるうちに、尽きない悲しみや後悔が美しいはずの面影を台無しにした。

ひとりでさぞ苦しんだろう父を思い、お糸はふと足を止めた。

そして余一の顔を見る。

「余一さんもそうなの？」

よく似た気性の二人だから、十分考えられることだ。お糸がじっと見つめていると、ようやく余一も足を止める。

「おれはきれいな面影なんて最初《はな》っから持っちゃいねぇ」

気負いのない口調で言われ、お糸は束の間言葉に詰まる。

しかし、ここで引き下がったら話はいつまでも進まない。父の許しも出たことだし、今日こそ一歩踏み出さなくては。

「そんなことないわ。おとっつぁんと同じように自分で汚しているだけよ」

「何だって」

「余一さんはきものの染みと一緒に心の染みも落としてくれるじゃない。他人の染みは落とせるのに、どうして自分の心の染みは落とそうとしないのよ」

勢いよく言った刹那、余一の顔がこわばった。そんなことを言われるとは思っていなかったのだろう。

けれども、ずっと言いたかった。

「自分の染みは落とせないなら、代わりにあたしがやってあげる。迷惑だって言われても離れてやらないんだから」

人気がないのを幸いにお糸は思いを打ち明ける。だが、すべて言い終える前に余一は歩き始めてしまう。

「余一さん、ちょっと待ってよ」

どこまでもつれない男の後をお糸は慌てて追いかける。

その端正な横顔はいつもよりも赤い気がした。

夢かさね

一

ここは夢の国だろうか。

座敷を埋め尽くす花嫁道具におみつの口からため息が漏れた。

衣桁《いこう》には四季折々のきものが山とかけられ、その下には黒塗りの長持ちが置かれている。分厚い布団は高々と積み上げられ、後ろにある屏風《びょうぶ》の絵がまるっきり見えないほどだ。

その他、簞笥《たんす》やら角盥《つのだらい》やら鏡台やら……桐屋に奉公へ来なければ、こんな豪華な嫁入り道具を目にすることは一生なかった。なるほど、これらをしまうには簞笥や長持ちが要るはずである。

長屋暮らしの貧乏人は行李《こうり》があれば十分だ。きものなんて何枚もないし、狭い住まいに簞笥を置けば、布団が敷けなくなってしまう。おみつの実家は一応簞笥があったけれど、一棹《さお》で家族のきものがすべて入った。

どうやら裕福な商家では、嫁入りの際に一生分の衣装と道具を娘に持たせるものらしい。大店《おおだな》の主人の妻を「御新造《ごしんぞ》」というのは「迎えるために屋敷を新築するから」だそうで、この支度を見れば納得できる。花嫁自身のものばかりか、客に出す茶碗《ちゃわん》や重箱まで含まれているのだから。

誰しもこの支度を見れば、「しあわせな花嫁だ」とうらやましがるだろう。おみつだってそういう気持ちがないとは言えない。

けれども、当の花嫁は浮かない顔で庭を見ていた。まるで自分の花嫁道具を見たくないと言わんばかりに。

「お嬢さん、そろそろ障子を閉めませんか。風邪《かぜ》をひいたら大変ですから」

十一月も半ばを過ぎ、乾いた北風は刺すように冷たい。しかし、お玉は首を振って
「そのままにしておいて」とおみつに言った。

「障子を閉めたら、庭が見えなくなってしまうわ」

「でも」

とっさに異を唱えかけ、続く言葉をどうにか呑《の》み込む。冬の庭で目を惹《ひ》くのはようやく色づいた南天だけだ。しばらくすれば水仙が咲くだろうが、今は尖《とが》った葉の先を

天に向けているばかりである。

それでもお玉は飽きもせずにじっと庭を見つめている。まなざしの先には、祖母のお比呂《ひろ》が植えたという桜の木があった。

「おばあ様が生きていたら、何とおっしゃるかしら」

ぼんやりとした呟《つぶや》きに、「お嬢さんが一番大事」の奉公人は歯ぎしりをする。

先月の結納までは、すべてうまくいっていた。お玉の贈った座布団を綾太郎が使っていると仲人から教えられ、お玉は頰《ほお》を染めていた。

親同士の決めた縁談でも、当人同士が好意を持てばこれ以上ない良縁になる。「苦労の甲斐《かい》がありましたね」とおみつがそっと耳打ちすれば、「ひやかさないで」と腕をぶたれた。

しかし、結納がすんだ翌々日、「大隅屋との祝言を取りやめろ」という脅し文が桐屋に届いた。いったい誰が何のために……奉公人は色めき立ったが、主人の光之助《こうのすけ》は落ち着いていた。

——こんないたずらに振り回されては桐屋の名折れというものだ。祝言は予定通り行うから、このことは口外しないように。

武家であれ、商家であれ、主人の言葉は絶対である。奉公人一同はそれきり口をつぐんだものの、正体不明の相手による嫌がらせが始まると不穏な空気が店に満ちた。紅《べに》で汚れた白いきものがお玉宛《あ》てに届いたり、木戸の前に踏みにじられた花が捨ててあったり、猫の死骸《しがい》が母屋に投げ込まれたり……まるで綾太郎と一緒になれば、お玉の身に危険が及ぶと言わんばかりである。年の割に気丈なお玉もすっかり怯《おび》えてしまい、おみつは激しく憤った。

めったに出歩かない箱入り娘が他人から恨みを買うものか。今回のことは大隅屋に恨みを持つ者の仕業だろう。そこで身のほどもわきまえず「脅し文のことを大隅屋さんにお伝えください。心当たりがあるはずです」と手をついて主人に頼んだが、光之助の返事はつれなかった。

――大隅屋さんはまっとうな商いをしていなさる。その上で誰かに恨まれたのなら、逆恨みというものだ。つまらないことをお知らせして、波風を立てることはない。

迷う素振りも見せずに言われ、おみつは耳を疑った。

娘の身が危ういのに、「つまらないこと」はないだろう。誰の仕業か見当がつけば、相手に釘《くぎ》を刺すこともできる。脅し文の主だって正体がばれたと知ったら、おとなしくなるに決まっていた。

御新造のお耀《てる》は実の娘を「かわいげがない」とこきおろすが、光之助は妻をたしなめ、お玉のことをかばってくれる。旦那様《だんな》はうちのおとっつぁんとは違う。女房の尻《しり》に敷かれて、娘を邪険にする方じゃない。そう信じていただけに、おみつは裏切られた思いがした。

一方、お耀は「嫌がらせは綾太郎に捨てられた女の仕業」と決めつけて、「祝言を挙げれば諦《あきら》めるわ」とこともなげに言い放った。

だったら、恨まれるべきは綾太郎で、お玉を狙《ねら》うのは筋違いだ。額に青筋を立てるおみつにお耀は口の端を引き上げた。

――おまえは十八にもなって、恋ってものを知らないのね。

理で割り切れるものならば、惚れた相手をつけまわしたり、無理心中をしかけたりはしない。頭では駄目だとわかっていても、止《や》むにやまれず突き進むのが恋の道だとお耀は言った。

――女は惚《ほ》れた男のことを恨みたくても恨めないの。だから、男を奪った女を恨む。その女さえいなくなれば、男がまた戻ってくると一縷《いちる》の望みを抱くのよ。

お耀は光之助と夫婦になるため、なりふり構わなかった人だ。自信たっぷりに語られれば、うなずくことしかできなかった。

御新造によれば、「男は恥をかかせた女を絶対に許さない」そうだ。「ここは辛抱のしどころよ」と真面目《まじめ》な顔で続けられ、おみつはすごすご引き下がった。

そんな両親の言い分を聞き、お玉は嘆くでもなく呟《つぶや》いた。

──前から承知していたけれど……おとっつぁんも、おっかさんも、あたしのことなんかどうでもいいのね。

いつもなら「そんなことはありません」と言うのがおみつの役目である。しかし、今度ばかりは喉《のど》につかえて出て来なかった。

お二人がそういうつもりなら、お嬢さんはあたしが守ってみせる。おみつはひとり力んだものの、たかが女中にできることはそばにいることだけだった。

お耀の推測が当たっているなら、敵は嫉妬《しっと》に狂っている。脅しが通じないと知れば、お玉を傷付けるかもしれない。それだけはさせてなるものかと、おみつは二六時中お玉の後をついて回った。その意気込みに感じたらしく、光之助も力自慢の手代に母屋の見廻《みまわ》りをさせてくれた。

しかし、執拗《しつよう》な嫌がらせはなかなか収まらない。おみつの焦りと苛立《いらだ》ちがいよいよ強くなったとき、お糸が偶然巻き込まれた。

「おみつの幼馴染《おさななじ》みには、本当に申し訳ないことをしたわ。あたしのせいで怖い思いをさせてしまって」

「お糸ちゃんはお嬢さんのせいだなんて思っていませんよ。むしろ知り合いが関《かか》わっていて、すまながっていましたから」

「それこそお糸さんのせいじゃないわ。お糸さんが連中の顔を見たおかげで、嫌がらせだって収まったし」

五日前、嫌がらせをしていた奴らに乱暴されそうになったお糸は、余一と共に桐屋に来て何があったか話してくれた。以来、余一が描いた悪人面を近所で見かけることはなくなった。

「余計なことを言うなと脅されていたのに、うちまで知らせに来てくれて。そのせいでお糸さんの身に何かあったら、いくら詫《わ》びても追いつかないわ」

「大丈夫ですよ。お糸ちゃんには余一さんがついていますから」

心配そうなお玉の前でおみつは笑顔で保証する。口にした瞬間、胸に痛みが走ったけれど気付かなかったことにした。

義理堅いお糸のことだ。悪党の口から「桐屋」と聞いて、その場に踏みとどまったのだろう。そして、恐ろしい思いをしたというのにわざわざ伝えに来てくれた。その思いに応《こた》えるべく、おみつは叱《しか》るように言う。

「むこうの狙いはあくまでお嬢さんです。他人のことより、まず我が身の心配をしてください」

「あたしの身を本気で案じているのはおみつだけね」

ひどく投げやりな言葉の響きに、おみつは軽く眉《まゆ》をひそめる。

「そんなことはありません。一番心配されているのは、旦那様と御新造さんです。それに他の奉公人も」

「ああ、そうね。あたしの身に何かあれば、大隅屋さんとの祝言が台無しになってしまうもの」

皮肉ではなく本気でそう思っているのだろう。「お嬢さん、それは」と言いかけたら、お玉に睨《にら》みつけられた。

「本気であたしを案じているなら、どうして何もしてくれないの。お上に届けるのが難しいなら、大隅屋さんに事情を話して心当たりを聞くべきでしょう。お糸さんを襲った奴らはあたしのかどわかしまで考えていたのよ」

しかし、ここまで来て破談になれば、お玉の評判に傷がつく。光之助の言う通り逆恨みかもしれないし、短気を起こさないほうがいいのでは……おみつが恐る恐る答えると、お玉が不機嫌そうに言った。

「お糸さんが見た悪党の頭《かしら》は、見た目のいい中年増《ちゅうどしま》だったんでしょ。きっと、おっかさんの見込んだ通りよ」

「頭が女だったからって、そうと決まった訳じゃありません。いずれにしてもお嬢さんに後ろ暗いところはないんですから、堂々としていればいいんです」

「おみつまでそんなことを言って。あたしのことが心配じゃないのっ」

癇癪《かんしゃく》を起こした子供のようにお玉が何度も畳を叩《たた》く。

ただでさえ嫁入り前は不安になるものだという。おみつはお玉の背中をさすった。

「心配しなくても大丈夫ですよ。大隅屋にはあたしもついて行きますし、桐屋とはたやすく行き来できるんですもの。まずいと思ったら、戻ってくればいいんです」

嫁入り前に「戻る」は禁句かもしれないが、お玉の不安が少しでも軽くなればいい。

実際、大隅屋のある通町と桐屋のある大伝馬町は十町（約一・一キロ）と離れていないのだ。

ところが、こちらの意に反してお玉は力なく首を振った。

「そんなこと、できっこないじゃない」

「どうしてです。お嫁に行ったたって、お嬢さんが桐屋の娘であることに変わりはないんですよ」

「あたしはいらない娘だもの。嫁いでしまえば、二度と桐屋には戻れないわ」

「そんなことはありません」

おみつはとっさに大声を出し、奥の座敷を埋め尽くす花嫁道具を指さした。

「大事に思っていなかったら、こんなに豪勢な嫁入り支度をしてくださるはずがないでしょう」

「お金をかけるのは桐屋の面目を守るためよ。商い第一のおとっつぁんはともかく、おっかさんはあたしを嫌っているもの。これでやっといなくなるとせいせいしているんでしょう。あたしはこんな派手な支度、少しも望んでいなかったのに」

吐き捨てるように続けられ、おみつは黙り込んでしまう。

お玉が望んでいるものは金で買えるものではない。親に自分を案じて欲しい、大事だと言ってもらいたい。ただそれだけのことなのだ。

嫌がらせが始まってから、お玉は再びお比呂のお古を着るようになった。お耀は自分への面当てがまた始まったと腹を立てているようだ。

――あたしなんかいないほうが、おっかさんの機嫌がいいもの。

初めて柳原の土手で会ったとき、「帰ろう」と誘うおみつにお玉は首を振った。

あれから八年も経《た》ったのに、母子《おやこ》の心はまだ遠く隔たっている。このままお玉が嫁いでしまえば、永遠に近づくことはないだろう。

果たして、それでいいのだろうか。おみつは考え込んでしまった。

二

翌日、おみつは思い余って櫓長屋へ出かけた。

お玉のそばから離れたくはなかったけれど、残されたときはわずかしかない。「すぐに戻ってきますから」とお玉に断り、ひとり白壁町へと走った。

「余一さん、すみません。おみつです」

息を切らして声をかけたが、中からはいっこうに返事がない。腰高障子に手をかければ、何かが引っかかっている。内側から心張棒を噛《か》ませてあるらしいと知って、おみつの頭に血が昇った。

「余一さん、いるんでしょう。ここを開けてちょうだい」

障子の桟《さん》をこぶしで叩き、一際声を張り上げる。それが迷惑だったのか、隣の住人が顔を出した。

「そんなに大声を出さなくても、ちゃんと聞こえているはずだ。その上で出てこないなら、今は手が離せんのだろう」

初めて目にする隣人は、汚いどてらを着こんだ総髪の男だった。櫓長屋は二階建てで並みの長屋より広い。当然店賃《たなちん》も高いはずで、貧乏学者が気軽に住めるところではない。

見た目と違ってえらい先生なのかしら。おみつは内心冷や汗をかく。

とはいえ、こっちも急ぎなのでまた後日という訳にはいかない。事情を説明しようとしたとき、障子が開いて余一が出てきた。

「余一さん」

ほっとしたのも束《つか》の間《ま》、眉間《みけん》のしわの深さを見て心の臓が縮み上がる。もともと愛想は悪いほうだが、ここまで険しい顔は初めてだ。

「先生、騒がせてすみません」

「いやいや。色男は大変だな」

余一は隣人に頭を下げると、おみつの背を押して中に入る。そして勢いよく障子を閉めてから、怒りを押し殺した声を出した。

「人目につく真似《まね》をしやがって。他人の迷惑もちったぁ考えろ」

「えっ」

「お糸ちゃんを襲った連中が何と言ったか、知らねぇ訳じゃねぇだろう。あれから六日しか経っていねぇのに、よく押しかけて来られたもんだ」

どうやら、余一は悪党の目をはばかって居留守を使おうとしたらしい。しかし、連中が余一の住まいまで知っているとは思えない。見かけによらず心配性だとおみつは苦笑してしまった。

「そこまで心配しなくても」

「何かあってからじゃ取り返しがつかねぇ。お糸ちゃんは危険を承知で桐屋に足を運んだんだぞ。用心の足りねぇおめぇのせいで、何かあったらどうする気だ」

お糸のために苛立つ姿に自ずと顔が凍りつく。余一が怒るのも無理はない。お玉を大事に思う余り、幼馴染みを軽んじた。

お糸ちゃん、ごめんなさい……心の中で詫びる一方、本音は余一に大事にされるお糸がうらやましくてならなかった。

他人と関わりたがらない男が我が身よりも案じてくれる。そういえば桐屋に来たとき、お糸が言っていたではないか。

——余一さんったら、自分が刺されそうになっても声を上げないんだもの。大きな声で助けを呼べば、誰かが駆けつけてくれるのに。

お糸が襲われたのは米沢町の普請場で、時刻は五ツ（午後八時）前だったという。

間近で見ていて「生きた心地がしなかった」と怒る気持ちはよくわかる。

けれども助けを求めれば、焦った相手が何をするかわからない。また、お糸が男に襲われたことを赤の他人に知られてしまう。その結果、おかしな噂《うわさ》が広がることを余一は恐れたのだろう。

悪党に捕まったのが自分だったら、余一は助けてくれただろうか。おみつは固く握った手を袖口の中に引っ込めた。

「あたしが考えなしだったわ。でも、あれから嫌がらせは一度もないの。余一さんたちに顔を見られて、諦めたんじゃないかしら」

人相書の連中も見かけなくなったと続ければ、相手の怒気が少し弱まる。

「とはいえ、油断は禁物だ。手ぶらってこたぁ、きものの始末を頼みに来た訳じゃねぇんだろう。とっとと帰ってくれ」

追い払うように手を振られても、おみつはその場を動かなかった。余一にとってのお糸のように自分はお玉が大切なのだ。どれほど邪険にされたって、このまま帰る訳にはいかない。

「今日は、お嬢さんのことで相談があって」

「付け狙っている連中のことなら、店ですべて話したぜ」

「嫌がらせのことじゃないの。知っていると思うけど、うちのお嬢さんは御新造さんと仲が悪くて」

嫁ぐ前に仲直りをさせる方法を一緒に考えて欲しいと言うと、派手な舌打ちをされてしまう。露骨な態度におみつの背中が丸くなった。

「いつも頼ってばかりで、申し訳ないんだけど」

「まったくだ」

間髪を容《い》れずに首肯され、とうとう二の句が継げなくなる。こわごわ顔をうかがうと、目の前の不機嫌な顔には呆《あき》れとも驚きともつかない色が加わっていた。

「何でおれにそんなことを相談する」

「それは」

「おれはてめぇの親の顔さえ知らねぇんだ。親子のことなんぞわかるもんか」

「だけど、お嬢さんの気持ちは言い当てたじゃない」

かつて余一は「お玉が祖母のきものに執着するのは、周囲に気持ちをわかってくれる者がいないからだ」と見抜いた。

祝言はおめでたいことだけれど、生まれ育った家を出て他人の家に嫁ぐのだ。花嫁は不安を感じて当たり前で、ましてお玉は正体不明の相手から嫌がらせまで受けている。

「あたしがどんなに頑張ったって、お嬢さんの不安を取り除いてあげられないの。でも、御新造さんと気持ちが通じれば安心できると思うのよ」

桐屋への奉公が決まった十五の春、おみつはこの先何があっても家には戻らないと覚悟した。実の親が生きているのに、赤の他人より頼れない。そんな情けなくも切ない思いをお玉には味わって欲しくない。

けれども、余一は素っ気なかった。

「何と言われてもお断りだ。とっとと帰ってくれ」

「お願い、もう少し話を聞いて」

「聞いたところで返事は一緒だ。そんなに大事なお嬢さんならひとりにしねぇほうがいいんじゃねぇか」

「あたしがそばにいたって何の役にも立たないから、ここまで押しかけて来たんじゃないの！」

ここで癇癪を起こしたところでいいことなんかひとつもない。それは重々わかっていても、おみつは声を荒らげていた。

余一は「親の顔を知らない」とたびたび口にするけれど、世の中にはいないほうがましな親だっている。自分をいじめた継母《ままはは》を憎むことはたやすかったが、血のつながった父のことはなかなか思い切れなかった。

おとっつぁんは継母のお喜多《きた》に騙《だま》されているだけだ。本心ではあたしのことをきっと大事に思っている。女中とは名ばかりの妾奉公に出されかけたときですら、そんな思いを捨てきれなかった。

この夏、お喜多から金の無心をされたときも、「八百久《やおきゅう》が危ない」と言われたから金を作る気になった。店が潰《つぶ》れたら父が悲しむ。半分とはいえ血のつながった弟もさぞかし苦労をすると思った。

ところが、それはお喜多の嘘《うそ》で、浮気相手に貢ぐ金を作らされるところだった。挙句、継母の浮気相手から父の本性を聞かされた。

――浮気をしたのは亭主のほうが先だからさ。それに女房がいなくなれば、商売はもちろん、炊事洗濯子供の世話までてめぇひとりでしなくちゃならねぇ。そいつを考えりゃ、そう簡単に別れられやしねぇって。

おみつは心底失望し、それ以来「父は死んだ」と思っている。それでも、ふとしたはずみで「もしや」と思う。

今頃はお喜多に愛想を尽かし、娘に冷たくしたことを後悔しているかもしれないと。

——肝心なのは、血がつながっているかどうかじゃねぇ。自分に情けをかけてくれる人がいたかどうかだ。

前に余一に言われたことが間違っていたとは思わない。自分はお玉に救われて、お玉が誰より大事になった。お玉を守るためならば命だって差し出せる。

けれど、生まれる前からつながっているものは断ち切りたくても断ち切れない。勢いよく洟《はな》をすすったら、呆れたように余一が言った。

「おめぇはすぐに泣きやがる」

「えっ」

おみつは慌てて頰に触れ、濡《ぬ》れた手触りに目をしばたたく。そして、差し出された手ぬぐいを礼も言わずにひったくった。

「やだ、あたしってば」

どうして自分は余一の前だとすぐに泣いてしまうのだろう。恥ずかしさのあまり手ぬぐいで顔をこすったら、余一の困りきった声がした。

「おめぇの気持ちはわかったが、今度ばかりは手に余る。いっそ、大隅屋の若旦那に相談してみればいい。嫁とその母の不仲なら他人事《ひとごと》じゃねぇだろう」

付け足された言葉を聞いて、おみつは「とんでもない」と顔を上げた。

「嫁ぎ先だからこそ、母子仲が悪いなんて言える訳がないじゃないの」

「だったら、佐野屋《さのや》の隠居に聞け。お嬢さんの好きなばあ様と昵懇《じっこん》だったんだろう」

「御隠居さんには実の子供がいないもの。母と娘のことなんて相談できるはずないわ」

すかさず言い返せば、余一が不満そうな顔をする。「それなら、おれにも相談するな」と思っているに違いなかった。

「御新造さんだって、本心ではお嬢さんを思っているはずよ。でなければ、あそこまで豪華な嫁入り支度をしてくださるもんですか。お嬢さんは世間体をはばかっているだけだって言うけれど」

その花嫁道具選びでも母と娘は喧嘩《けんか》をした。派手好きなお耀と万事質素を好むお玉はことごとく趣味が食い違う。あれこれ言い争った末、お玉が「今使っているものを持って行く」と言い出し、怒ったお耀が勝手に決めた。

「御新造さんはお嬢さんのためにお金を使いたかったのよ。それなのにお嬢さんが『もったいない』ってしきりと言うから」

「そういう話は、おれじゃなくてお嬢さんにしろよ」

「何遍も言っているけど、わかってくださらないんだもの」

お玉は豪華な花嫁道具を手切れ金代わりだと思っている。おみつが頭を抱えたとき、余一が思いついたように言った。

「その御新造さんの嫁入り支度もさぞかし豪勢だったんだろうな」

「そりゃそうよ。何たって日本橋本町の本両替商、後藤屋のひとり娘だもの」

以前、お耀が着た花嫁衣装をお玉と一緒に見たことがある。「あんな花嫁衣装は二つとないわ」とおみつは興奮して言った。

「大きな末広がりの檜扇《ひおうぎ》の周りに松竹梅と水仙の刺繍《ししゅう》があって、さらに雄蝶《おちょう》と雌蝶《めちょう》が飛び交っているの。それが白、赤、黒と三枚もあるのよ」

衣桁にかけられた花嫁衣装を見たとき、おみつは一枚ずつ着るのだと思った。刺繍と縫箔《ぬいはく》で彩られた花嫁衣装は見る者の目を釘づけにする美しさで、三枚とも同じ柄で作られている。白、赤、黒と三回替えたら、客は仰天するだろう。

ところが、

「上から順に黒、赤、白と三襲《かさね》で着たとおっしゃるんだもの。びっくりして腰が抜けるかと思ったわ」

何より三襲にしたら、下二枚は柄がほとんど見えなくなる。お金持ちは途方もないことを考えると感心するより呆れてしまった。

お耀が桐屋に嫁いだ頃、店は今よりも小さかったと聞いている。大名家の姫君もかくやという花嫁支度に、迎える側の光之助はさぞかし大変だっただろう。

「それなら、いっそ御新造さんの花嫁衣装を始末して着せればいい。余計な金がかからないし、そのお嬢さんはばあ様のお古を喜んで着ていたんだろう」

余一の提案におみつはまたも首を振る。お玉もそれを望んだけれど、お耀が許さなかったのだ。

「花嫁に古着を着せるなんてとんでもないとおっしゃって、大隅屋さんで白無垢《しろむく》を誂《あつら》えてくださったの」

それは何百という鶴が織り込まれた見事な花嫁衣装だったが、お玉はあからさまにがっかりしていた。

「御新造さんの花嫁衣装は本当に素晴らしかったから……あれと比べれば、どんな品もかすんでしまうわ」

「三襲の打掛なんてそれこそ無駄ってもんだろう。白無垢だったら染め直して仕立直すこともできるんだぞ」

うっとりした言い方が気に障ったのかもしれない。きつい調子で言い返されて、おみつはびくりと肩を震わす。

「やっぱり、おれには縁のねぇ話だ。これ以上聞いても意味がねぇ」

きものを大事にする余一は本来金持ちと贅沢《ぜいたく》が嫌いだ。おみつは慌てて弁解しようとしたが、

「おれの仕事はきものの始末で新品には縁がねぇ。次にここへ来るときは、始末するきものを持ってきな」

そこまではっきり言われてしまえば、これ以上は居座れない。すごすご桐屋に戻ったところ、母屋中にただならぬ緊張が漂っていた。

「何かあったの」

「何かあったのじゃないわ。さっきまで大変だったんだから」

女中仲間のおきみによると、お耀とお玉が今までにないほど激しい喧嘩をしたという。

「きっかけは御新造さんのお小言だったの。もうじき嫁入りなんだから、おばあ様の古着なんか着るなってお嬢さんに言ったのよ」

人の妻になってしまえば、もう振袖《ふりそで》は着られない。お耀の言い分はもっともだし、今までもさんざん言われたことだ。

「それで、お嬢様は何て」

「あたしはその場にいなかったけど、いつものように聞き流さずに御新造さんを睨んだそうよ」

そして、面と向かって怒鳴ったらしい。

――おっかさんはわがままを通しておとっつぁんと一緒になったくせに。あたしは親に言われた通り、好きでもない人と一緒になるのよ。きものくらい何を着たっていいじゃないの。

「それを聞いた御新造さんがお嬢さんを引っ叩《ぱた》いたんですって。御新造さんは箸《はし》より重いものを持ったことがない方だから、さほど痛くなかったと思うけど」

ひやかし半分のおきみの言葉におみつはたちまち青くなる。

やはり自分はお玉のそばから離れるべきではなかったのだ。苦い後悔を嚙み締めてお玉の部屋の前まで行ったが、物音ひとつ聞こえない。

「お嬢さん、おみつです。ただ今戻りました」

こわごわ障子を開けてみれば、左頰を押さえたお玉が花嫁道具を見つめていた。

三

お耀とお玉が喧嘩をして、今日で三日になる。

根っからお嬢さん気質《かたぎ》のお耀は気に入らないと文句を言うが、その分忘れっぽいというか、後に引きずらない人だ。ところが、今度の一言はよほど逆鱗《げきりん》に触れたらしい。お玉を見るたびにいちいち顔をこわばらせている。

主人の光之助は見て見ぬふりを続けていて、お玉の弟の陽太郎《ようたろう》は両親と姉の顔をうかがうばかりだ。

せっかく嫌がらせが収まったのに、家の中で揉《も》めていてはどうにもならない。おみつが悶々《もんもん》としていたら、佐野屋の隠居小衛門《しょうえもん》がお玉の祝いにやって来た。

「お玉ちゃんが嫁に行くなんて、時の経つのは早いもんだ。お比呂さんが生きていたら、さぞかし喜んだろう」

お比呂のきものを着たお玉の前で隠居が何度も繰り返す。傍にいるおみつは気が気ではない。

「嫁いでしばらくはあまり出歩けないだろうが、また根岸の寮にも遊びに来ておくれ」

「はい」

「祝いの品は迷った末、これにしたよ。気に入ってくれればいいんだが」

小衛門はそう言って木箱を差し出す。気のない礼を言ったお玉は、中の茶碗を見て歓声を上げた。

「御隠居さん、これは」

「覚えていたかい。あたしが昔、お比呂さんに頂いた鼠志野《ねずみしの》の茶碗だよ。あたしもそう長くないから、お玉ちゃんに渡しておこうと思ってね」

「ありがとう、御隠居さん。お祝いに頂戴《ちょうだい》した品なら大隅屋に持って行けるわ」

茶碗を両手で握りしめ、お玉は何度も礼を言う。おみつは茶碗の良し悪しなんてちっともわからないけれど、目利きの佐野屋がお比呂にもらって大事にしていた品である。さぞかし値打ちのあるものだろう。

そう思って眺めれば、ぼってりした茶碗の形が味わい深い気もするし、やけに分厚くできているから熱い茶だって飲みやすそうだ。もっとも、今のお玉には茶碗の価値などどうでもいいのだろうが。

「おっかさんはおばあ様の古着を嫁ぎ先に持って行っちゃいけないって言うし、どうしようかと思っていたの」

「これほどの支度をしてもらってお嫁に行くんだろう。遠からず親になる人がいつまでもおばあ様を恋しがっていてはみっともないぞ」

苦笑交じりの隠居の言葉にお玉は激しく首を振る。それはおみつの目にも子供っぽいしぐさに見えた。

「あたしは一生、親になんかなりたくないわ」

「何をおっしゃるんです」

大店の跡継ぎの嫁に子ができなければ、離縁されても文句は言えない。おみつは焦って口を挟んだ。

「たとえ冗談でも、そんなことはおっしゃらないでください。他人に聞かれたら、誤解されてしまいます」

「本音だからどう思われてもかまわないわ」

「お嬢さん！」

お玉は潔癖なところがある。さては、綾太郎に女がいたと思い込んでしまったか。おみつがおろおろしていたら、お玉はぽつりと呟いた。

「あたしは綾太郎さんが好きで一緒になる訳じゃない。子供ができたって、きっとかわいがってやれないわ」

母は惚れた男と一緒になったけれど、自分をかわいがってくれなかった。好きでもない綾太郎との子供なら、なおさらかわいがれないだろう。お玉はそんなもの思いに取り憑《つ》かれてしまったらしい。

おみつは鼠志野の茶碗ごとお玉の手を握りしめた。

「どうしてそうなるんです。自分がしてもらえなかった分、我が子をいつくしめばいいでしょう。お嬢さんならできますよ」

「そんなの無理よ。お茶だってお花だってお師匠《つしょ》さんがいるんだもの。教わらないことはできやしないわ」

「お嬢さん」

叱《しか》るような声を上げれば、脇で隠居が「おやおや」と言った。

「お玉ちゃんは嫁入り前の気うつのようだね」

よくあることだと軽く言われ、お玉がむっとした顔をする。隠居は気にするふうもなく、おみつに手招きした。

「こういうときは何を言っても悪くしか取らない。放《ほう》っておきなさい」

「ですが」

「お比呂さんが生きていても同じことを言うだろう。あたしはこれで失礼するから、馬喰《ばくろ》町の佐野屋まで送っておくれ」

どうして送らなくてはならないのかとおみつは不満に思ったが、相手は還暦の年寄りである。それに根岸の隠居所と違い、馬喰町まではならたいした距離ではない。

おみつは小衛門を送っていき、店先で踵《きびす》を返そうとしたら、

「ちょいとお待ち。おまえに話があるんだよ」

食えない隠居はそう言って、おみつを母屋に引っ張り込んだ。

「しっかり者のお玉ちゃんがあんなことを言い出すなんて。綾太郎さんには手製の座布団を贈ったと聞いていたし、てっきり嫁入りを楽しみにしていると思っていたんだが。いったい何があったんだい」

心配そうに尋ねられ、おみつは束《つか》の間《ま》躊躇《ちゅうちょ》した。

しかし、口から出まかせを言ったところで、ごまかされるような小衛門ではない。

「絶対に口外しないでください」と念を押して、脅し文が届いてからのことを打ち明けた。

「それなら、お玉ちゃんが不安になるのも無理はないな」

道理のわかる人の返事におみつは意を強くする。

「ご自分はわがままを通して旦那様と一緒になったくせに、お嬢さんがお比呂様を恋しがることさえ許さないなんて。御新造さんは身勝手です」

奉公人の分際で言っていいことではないけれど、小衛門なら大目に見てくれるだろ

う。ここぞとばかりに言い立てたら、隠居が意外なことを言った。

「おまえやお玉ちゃんの目にはそう見えるだろうけどね。お耀さんだってそれなりに苦労をしているんだよ」

「まさか」

とても信じられなくて、ことさら冷ややかな口調になる。後藤屋のひとり娘として蝶よ花よと育てられ、豪勢な花嫁衣装を着て好きな男に嫁いだ人がどんな苦労をしたというのか。

すると、隠居は顎《あご》をかいた。

「あたしの口からこんなことを言いたくはないが、お比呂さんはお耀さんを快く思っていなくてね」

お耀との縁談が持ち上がったとき、最後まで反対したのはお比呂だったらしい。当時の桐屋は今よりずっと小さくて、江戸で指折りの豪商とはとても釣り合いが取れなかったのだ。

「それと、強引に意を通そうとしたお耀さんへのやっかみもあったと思う。成り上がりのあたしらとは違い、お比呂さんはいい育ちをしていた。桐屋の先代と一緒になるため、ずいぶん無理をしたんだろうね」

惚れた男のためにすべてを捨てたらしいお比呂と、実家の威光を振りかざして惚れた男を手に入れたお耀。お比呂がお耀を嫌うのは仕方のないことだろう。

「ただでさえ嫁姑《よめしゅうとめ》は仲違《なかたが》いをするものだ。おまけにお耀さんは光之助さんの世話まで女中任せにしようとしたので、お比呂さんが怒ったのさ」

桐屋の嫁になったからには、うちのやり方に従ってもらう。それが嫌なら後藤屋に帰れとお耀に向かって言ったらしい。

「お耀さんも努力はしたんだろうが、なにぶん甘やかされて育った人だ。一方、お比呂さんはよろず器用な人だから、見る目も言うこともいちいち厳しい。光之助さんや先代はさぞかしはらはらしただろうね」

隠居はそう言って、意味ありげに笑った。

「それでも、お耀さんは実家にだけは泣き付かなかった。そんなことをしたら連れ戻されるとわかっていたんだろう。そして、お玉ちゃんを身籠《みごも》ったんだ」

孫ができたおかげで、お比呂もようやくお耀を認めた。これで嫁姑の仲もうまくいくかと思いきや、今度は子育てを巡って二人は対立したという。

「お玉ちゃんはひどく癇《かん》の強い子でね。ひっきりなしに泣きわめかれて、お耀さんはすっかり参ってしまった。そこで、お比呂さんが赤ん坊の世話を買って出たのさ」

「それなら、お比呂様は悪くないんじゃ」

「問題はその後だ。お玉ちゃんが口を利くようになってからも、お比呂さんは自分のそばから孫を離さなかったんだよ」

お比呂にしてみれば、そのほうがしっかり育つという思いもあったのだろう。そのうちお玉は「この世で一番おばあ様が好き」と言うようになった。

「お耀さんはやりきれなかったろうね。自分の子供がそりの合わない姑の言うことばかり聞くんだもの。だから、跡取り息子の陽太郎《ようたろう》が生まれると、囲い込むようにして育てたんだろう」

一方、お玉は弟を溺愛《できあい》する母を見て、自分は嫌われていると思い込んだ。そのせいで、ますますお比呂のそばから離れなくなったそうだ。

初めて出会った八年前、幼いお玉は祖母を失って途方に暮れていた。

――おばあ様が亡くなってから、誰もあたしのことなんてかまってくれないわ。

あの言葉の裏側にはそういう事情があったのか。誰が悪いと一概に言い切れず、お玉は唸《うな》ってしまった。

「お比呂さんは金の苦労をした人だから、ものをとことん大事にした。対して、お耀さんはいくらでも金があって当然の人だ。お比呂さんの考えを受け継いだお玉ちゃん

「でも、お嬢さんは御新造さんが好きなんです」

と意見が合わなくて当然だよ」

橋のたもとで会ったとき、お玉は「あたしなんかいないほうが、おっかさんの機嫌がいいもの」とおみつに言った。

実の母にこれ以上嫌われたくない。それは好きの裏返しで、愛に飢えた子供なら誰しも思うことである。おみつ自身もそうだったから、気持ちは痛いほどよくわかった。

――見た目にこだわる若い娘が着心地だけできものを選ぶとは思えねぇ。前にも言った通り、たぶん死んだばあさんが恋しかったんだろう。

母に嫌われていると思えばこそ、お玉は祖母のきものに執着する。それがお耀を怒らせて、二人の仲を険悪にする。

悪い流れを断ち切るためにはどうしたらいいのだろうか。縋《すが》る思いで尋ねれば、隠居は器用に片眉を上げた。

「それは本人次第だろう。お耀さんとお玉ちゃんが腹を割って、本音でぶつかるしかないだろうね」

「ですから、それにはどうしたら」

焦るおみつに小衛門は苦笑する。

「悪口めいた話をしたが、お比呂さんはよくできたお人だった。だからこそ、お耀さんのいたらなさが目について手を出し過ぎた。あたしが下手に口を出せば、お比呂さんの二の舞になるだけだ」

おっしゃることはわかるけれど、悠長に待ってはいられない。お玉の祝言はすぐそこまで迫っている。

佐野屋からの帰り道、おみつはひとり考え続けた。

四

お玉への嫌がらせが収まってひと月近くが経った。誰の仕業かわからぬものの、恐らく気がすんだのだろう。口に出しては言わないが、桐屋の奉公人は一様にそう思っていた。

師走《しわす》に入れば、商家はますます忙しくなる。一年の締めくくりは新年を迎える支度をも兼ねている。掛け取りや支払いはもちろん、今年一年の厄を払い、掃除や修理も必要だ。そこに祝言の支度まで加わったため、桐屋の奉公人たちはちょっとの間もじっとしていられなかった。

「赤穂《あこう》の討ち入りじゃあるまいに、こんな寒い時期を選ばなくても」

「そう言うな。後藤屋の大旦那様がお決めになったんだから」

「それじゃ、文句も言えないな」

後藤屋の大旦那とは、お耀と現当主の父を指す。普通、家督を譲ると「御隠居」と呼ばれるが、後藤屋の先代をそんなふうに呼ぶ者はいない。今なお、後藤屋の母屋にいて睨みを利かせているからである。大隅屋との縁談は、その大旦那の意を汲《く》んだものだと誰もが承知していた。

そして、三日後に祝言を控えた昼八ツ過ぎ、おみつはお耀に声をかけた。

「御新造さん、お嬢さんが見せたいものがあるそうです。一緒に来てくださいませんか」

お玉のほうからお耀を呼ぶのはめったにないことである。怪訝《けげん》そうな顔をしつつ、お耀は黙ってついて来た。

「お嬢さん、御新造さんがいらっしゃいました」

「いったい何なの。忙しいんだから早くしてちょうだい」

座敷に足を踏み入れるなり、お耀が強い調子で言う。花嫁道具の大半はすでに大隅屋に運ばれた。やけに広く見える座敷にお玉がひとり立っている。

「御新造さん、いかがですか」

言葉を失って立ちすくむお耀におみつがそっと尋ねる。それでも、お耀は黙ったまま自分の娘を見つめていた。

かつての自分と同じ三襲の花嫁衣装を着たお玉の姿を。

「お玉はあたしに似ていると思っていたが、こうして見ると母子だね。おまえとよく似ているよ」

「おまえさん」

娘の姿に気を取られ、光之助がいることには気付いていなかったらしい。お耀はようやく声を発した。

「おまえの花嫁衣装はちゃんと誂えてやったじゃないの。どうしてこんな真似を」

怒ったような口調で言われ、お玉がびくりと身体《からだ》を縮める。おみつはかばうように前に出た。

「お嬢さんは、御新造さんの花嫁衣装を諦め切れなかったんです。御新造さんがお召しになったものをどうしても着たいと」

「他人のお下がりなんかより、新しく誂えたもののほうがいいに決まっているじゃないの。どうしておまえは貧乏くさいことばかり」

「他人のお下がりなんかじゃない。あたしが着てみたかったのは、おっかさんの着た花嫁衣装よ！」

　苦々しげな言葉を遮り、お玉が責めるように言う。

　お耀は目を瞠って娘を見た。

「おっかさんはお古なんか駄目だって言うけれど、あたしはこれが着たかったの。親に許されて、好きな人と一緒になったおっかさんの花嫁衣装が」

　一際豪華な花嫁衣装に身を包み、好きな相手と一緒になる。それは若い娘なら誰しも夢見るしあわせだ。自分もそれにあやかりたいとお玉は震える声で言う。

「綾太郎さんが嫌いな訳じゃないけれど……脅し文のこともあるし、この先どうなるかわからないでしょ」

　だから、お守り代わりにこの衣装を着て嫁ぎたいというお玉の願いをお耀は即座に切り捨てた。

「馬鹿なことを言わないで。おまえの花嫁衣装は大隅屋で誂えたのよ。違う花嫁衣装なんて着せられるものですか」

「御新造さん、あたしからもお願いします。お嬢さんの願いをかなえてください。事情を話せば、大隅屋さんだってわかってくださると思います」

おみつは手をついて訴えたが、お耀はうなずこうとしない。そのとき、襖の陰から声がした。

「そこまで嫌がるってこたぁ、嫌な思い出でもあるんですかい」

「誰っ」

突然現れた余一を見て、お耀が尖った声を上げる。おみつは慌てて説明した。

「この人は余一さんと言って、きものの始末をする職人なんです。御新造さんの花嫁衣装をお嬢さんが着られるように始末してもらったんです」

「二十年近く前のものにしちゃ、染みも傷みもほとんどありやせんでした」

相手の素性がわかってもお耀はまだ不愉快そうだ。頑《かたく》なな様子に戸惑っていると、光之助が口を開く。

「お玉、もう諦めなさい」

「おとっつぁん」

「始末してくれた余一さんにはすまないが、お耀の言うことももっともだ。自分のために誂えた花嫁衣装を着ないなんて、それこそもったいないないじゃないか」

「でも、あたしは」

お玉が食い下がろうとしたとき、余一がため息交じりに言った。

「御新造さんはお嬢さんのしあわせを願うからこそ、嫌な思い出のある花嫁衣装を着せたくねぇんでしょう」

「どうしてよ。だって、おっかさんは」

「この世の誰よりしあわせだと本気で思っているんですかい。腹を痛めた実の娘に嫌われているってぇのに」

「あたしは嫌ってなんていないわ。嫌っているのはおっかさんのほうでしょう」

急にお耀の肩を持たれ、お玉はむっとしたらしい。尖った目を向けられて、余一はお耀に聞いた。

「御新造さん、そうなんですかい」

「我が子を嫌う母親がいるもんですか。あたしを嫌っているのはお玉のほうだわ」

「それは、おっかさんが陽太郎ばかりかわいがるから」

「おまえは小さい頃から、おばあ様にべったりだったじゃないの」

「おっかさんはあたしのやることに反対ばかりするんだもの」

「いちいち文句を言うのはそっちでしょ」

「そんなことないわ」

「あるわよっ」

互いにむきになった母子はややあって我に返る。その後、気まずそうな表情で相手の顔を見返した。

「あたしを嫌っていないなら、どうして陽太郎ばかりかわいがったの。あたしだっておっかさんにかまってもらいたかったのに」

「……おまえは事あるごとに、おばあ様はああだった、こうだったって引き合いに出すんだもの。どうせあたしは不器用で、桐屋のおっかさんみたいにはできないわよ」

思い当たるところがあるのだろう。お玉は「だって」と呟いて、泣き出しそうな顔をする。お耀も二の句が継げないのか、黙って娘を見つめている。

「やっぱり、おまえたちはよく似ているよ」

笑いを噛み殺すような光之助の一言で、やっとその場の空気がなごむ。同時におみつの身体から久しぶりに力が抜けた。

もっと早くお互いが素直に思いをぶつけていれば、嫁入り間際に騒がなくてもすんだだろう。間に合ってよかったと思いつつ、おみつは一抹のさびしさを感じた。

「あたしのことが嫌いじゃないなら、おっかさんの花嫁衣装を貸してくれたっていいじゃないの。おっかさんは誰より好きなおとっつぁんと一緒になって、ちゃんとしあわせになれたんでしょ」

話が元に戻ったとたん、お耀が再び口を閉ざす。

光之助が苦笑した。

「おまえには自分よりもしあわせになって欲しい。おっかさんはそう思っているから、着せたくないんだよ」

「おとっつぁん、それはどういう意味よ。おっかさんはしあわせじゃなかったっていうの」

「おまえは知らないだろうが、おばあ様はお耀が嫁に来ることを快く思っていなかったんだ。店の釣り合いを考えれば、無理もない話だがね」

人を介してお耀のことを聞かされたとき、光之助は自分に惚れ込んだというお耀を好ましく思ったという。

後藤屋の娘なら、どんなに立派な相手も望みのままだ。にもかかわらず、ちっぽけな店の跡取りと一緒になりたいと言ってくれた。その気持ちに応えたいと光之助は思ったそうだ。

「けれど、おまえのおばあ様とは馬が合わなくてね。祝言の日、花嫁姿のお耀に言ったんだよ」

――後藤屋のお嬢さんらしい、金に飽かせた立派なお衣装だこと。

光之助の口からその言葉が飛び出すと、お耀は顔をこわばらせ、お玉は両手で口を押さえた。自分にやさしかった祖母がそんなことを言ったとはにわかに信じ難いのだろう。

お耀のほうは、そのやり取りを知られていると思っていなかったらしい。震える声で夫に聞いた。

「誰からそれを」

「おっかさんからに決まっているだろう」

「まさか」

「おまえがお玉を身籠ったとき、ひどいことを言ったと打ち明けられた。おまえとお玉の不仲だって、おっかさんは気にしていたよ。だが、気位の高い人だったから、嫁に頭を下げることができなかったんだ」

代わりに私が謝ろうと光之助に手をつかれ、お耀はその場にへたり込む。ややあって、目の前に立っているお玉の花嫁衣装に触れた。

「これは京の職人に頼んだものなの。後藤屋のおとっつぁんが日の本一立派な花嫁衣装を作ってやるといって」

できあがるまでに半年以上かかったと聞き、光之助が頭をかく。

「それじゃ、私と一緒になるために誂えたものじゃなかったのか」

「仕方ないでしょ。あたしは後藤屋のひとり娘よ」

大店の娘は十五から十八の間に嫁に行く。十九の声を聞くと、「行き遅れ」と蔑《さげす》まれる。後藤屋が娘のために花嫁衣装を注文したのは、十六の春だった。

「おまえさんに初めて会ったのは、その三月後だった。この人のためじゃなかったら、花嫁衣装なんて死んでも着ないって思ったわ」

とはいえ、娘に甘い後藤屋の大旦那もすぐに折れた訳ではない。泣いて縋って脅かして……双方の親が承知するまでさらに半年かかった。

「お嫁に行くとき、おとっつぁんは嘆いたものよ。あんなところにやるために、この花嫁衣装をこしらえた訳じゃないって」

大きく広げられた檜扇に松竹梅と水仙の刺繍、その周りにはかわいらしい雄蝶雌蝶が飛んでいる。

おめでたい柄で埋め尽くされた三襲の立派な花嫁衣装、それを着て好きな人に嫁ぐ自分はなんてしあわせなんだろう。ぼやく父親にすまないと思いつつ、お耀はそう思っていたという。

けれど、お比呂の一言でそのしあわせに穴が空いた。

――後藤屋のお嬢さんらしい、金に飽かせた立派なお衣装だこと。

自分は望んで、望まれて桐屋に嫁いだと思っていたが、そんなことはなかったんだ。新しく母になる人は自分のことを嫌っている。そう気付いた刹那《せつな》、目の前が真っ暗になったそうだ。

「あたしを嫁に欲しいって人はいくらだっていたから、嫁ぎ先で嫌われるなんて夢にも思っていなかったの。桐屋のおっかさんは、あたしのそういうところが気に入らなかったんでしょう」

そう呟くお耀の顔からは座敷に入ってきたときの刺々《とげとげ》しさは消えていた。そのとき、余一が「大丈夫かい」とお玉に声をかけた。

「そいつは非の打ちどころのねぇ見事な品だが、三襲はどうしても重くなる。そろそろしんどいんじゃぁねぇですか」

「ええ」

助かったと言いたげな表情でお玉がうなずく。三襲の打掛なんて、おみつはもちろんお玉だって着たことがない。そこで余一に頼み込み、支度を手伝ってもらった。

「上二枚の打掛を脱げば、ずいぶん楽になるはずでさ」

そしてお玉は白の打掛姿になり、袖をつまんで両手を伸ばす。

「こんな見事な花嫁衣装にケチをつけるなんて……あたしにはやさしいおばあ様だったけど、おっかさんには厳しいお姑さんだったのね」

「あたしは押しかけ嫁だもの」

「ばあ様がこの花嫁衣装にケチをつけたのは、御新造さんを嫌っていたからじゃねぇと思いやす」

母と娘の話に余一が口を挟む。驚く二人に代わって光之助が聞いた。

「では、どうして」

「この花嫁衣装は、ちっと見事すぎたんでさ」

そして、余一は畳の上に広げてあった黒と赤の打掛の檜扇を指さした。

「この三枚の打掛は、まったく同じ柄のようでほんの少し違いがある。檜扇を比べて見てくだせぇ」

言われて、座敷にいた全員が身を乗り出して見たところ、

「黒より赤のほうが少し余計に開いている」

「白の扇は赤よりさらに開いているわよ」

今の今まで、お耀さえそのわずかな違いに気付いていなかったらしい。興奮した声が上がり、揃って余一のほうを見た。

「これを作った職人は凝り性だったに違いねぇ。ここのばあ様はきものに目が利いたから、気付いていたかもしれやせんが」

「まさか、そんな」

信じられないと言わんばかりにお耀が手を振る。しかし、余一は譲らなかった。

「前に、ばあ様が着ていたという結城を見せてもらったことがありやす。うまい具合に着馴れていて、袖口も傷んでいなかった。そのとき、ずいぶんきものに通じた人だと思いやした」

気まずい出来事を持ち出され、おみつは内心首をすくめる。幸い誰も疑いを挟まず、余一はひとり話を続けた。

「おれは金持ちのきものには縁がねぇ。だから断言はできねぇが、これほど見事なもんはめったにねぇと思いやす。こいつを着た花嫁は誰より目立つに決まっているが、祝言ってなぁひとりでやるもんじゃねぇでしょう」

「当たり前だ。花嫁の隣には」

言いかけた光之助がはっとしたように口をつぐむ。そして月代《さかやき》に手をやった。

「そうか。それで母は怒ったのか」

「旦那はとびきりいい男だが、花嫁にそいつを着られちゃ隣の花婿がかすんじまう。

ばあ様が面白くねぇのも無理はねぇ」

祝言は女の晴れ舞台だが、商家の跡継ぎの披露目の席でもある。花嫁ばかりが目立っては、「頼りない跡継ぎだ」と思われかねない。

「雛《ひな》人形だって、男雛《おびな》と女雛の釣り合いが大事でしょう。女雛ばかり立派だと、男雛は家来みてぇに見える」

ただでさえ世間は光之助を「桐屋の跡継ぎ」ではなく「後藤屋の娘婿」として見る。これ以上お耀に目立たれては光之助の立場がない。だから、お比呂は見事すぎる花嫁衣装にケチをつけたのだろう。

「お嬢さん、やっぱり白無垢を着たほうがよさそうですよ」

花嫁衣装は女の夢だが、目覚めれば夫とその親に仕える日々が待っている。それを忘れて浮かれると、後で痛い目を見るようだ。

おみつの言葉に余一もうなずく。

「おれもそのほうがいいと思いやす」

「でも」

「白無垢の花嫁なら目立ち過ぎるこたぁねぇ。それに嫁ぎ先の色に染まるっていう意味もあると言いやすから」

姑の覚えもいいはずだともっともらしく付け加える。お玉は未練がましく白い打掛の袖を見ていたが、諦めたように呟いた。

「余一さんがそう言うなら、白無垢にするわ。でも、せっかく始末してもらったのに」

「こっちこそ、めったにねぇもんを見せてもらいやした」

申し訳なさそうなお玉に余一は軽く頭を下げ、それから「お嬢さん」と呼びかけた。

「白生地を染める場合でも毎回同じように染まる訳じゃねぇ。まして染め直しのときなんざ、こっちが思いもしなかった色になっちまうこともある。けど、そいつが本当にいい色だったりするんでさ」

いきなり染め物の話をされ、お玉はとまどった顔をした。

「それって、つまり」

「何でもやってみなくちゃわからねぇということってす」

不器用で乱暴な励ましにお玉は目をしばたたき、それから口元をほころばせた。

五

余一が桐屋を去ったあと、おみつは光之助の座敷に呼ばれた。

「おまえのおかげで、お耀とお玉の気持ちがようやく通い合ったらしい。よくやってくれたね」

「いいえ。あたしの無茶なお願いを旦那様が聞いてくださったからです」

小衛門と別れてから、おみつは懸命に考えた。

——それは本人次第だろう。お耀さんとお玉ちゃんが腹を割って、本音でぶつかるしかないだろうね。

では、どうすれば二人の本音を引き出せるのか。さんざん悩んだ末、お耀のきものをお玉に着せられないかと思いついた。

お比呂のお古を好むお玉だ。母親のきものを着られれば、なかなか口にできない思いを伝えられるのではないか。

しかし、お耀は自分のきものを娘に着せたがらない上、お玉よりも背が高い。お玉がお耀のきものを着るには丈を詰める必要がある。奉公人の分際で、御新造のきものを無断で仕立て直す訳にはいかない。

困ったおみつは光之助に自分の考えを打ち明けた。すると、主人は意外にも「それなら花嫁衣装を仕立て直せばいい」と言い出した。

「旦那様は最初からわかっていらっしゃったんですね。御新造さんがご自分の花嫁衣装をお嬢さんに着せたがらない訳を」

祝言の日の義母の言葉で豪華な花嫁衣装には嫌な思い出が染みついた。だからこそ、お玉にはよくある白無垢を誂えたのだろう。

「こうなることがわかっていて、余一さんに始末をさせるなんて。旦那様もお人が悪い」

「私はあの花嫁衣装を着たお玉を見たかっただけだ。あの世のおっかさんも喜んでいるに違いない」

光之助は立ち上がり、自ら障子を開けに行く。時刻は七ツ半を過ぎ、お天道様はすっかり西に傾いていた。

冬枯れの庭は夕日を浴びてより一層さびしげに見える。そんなことを思っている間に光之助が障子を閉めた。

「ところで、余一という人は実にいい腕をしているね。生地の光沢が祝言のときと変わっていなくて驚いたよ」

絹は時が経つにつれて張りと光沢を失い、薄い色だと黄ばみが出る。虫食いや染みこそなかったとはいえ、あの輝きが戻ったのは余一が始末したからだ。

「余一さんの腕は天下一品ですから。大隅屋の若旦那とも顔見知りなんですよ」

最初はさんざん渋ったくせに、最後にはおみつの頼みを聞いてわずかな日数で仕上げてくれた。我がことのように胸を張ると、光之助が小さく笑う。そして、ためらいがちに言った。

「おまえはずっとお玉に仕えると言ってくれたが、その気持ちに変わりはないか。もし、一緒になりたい男がいるなら」

「旦那様、あたしは一生奉公をするつもりで桐屋に来たんです。お嬢さんと旦那様への御恩は生涯かけてお返しします」

わずかな未練を振り切って、おみつは早口で言う。光之助はその言葉を待っていたらしい。真剣な表情で膝《ひざ》を進めた。

「ならば、おまえにだけ話しておく。ただし、このことは他言無用だ。お玉にもお耀にも言ってはいけないよ」

「お嬢さんや御新造さんも知らないことをあたしに？」

「そうだ。いずれ知らせるときが来るかもしれないが、今は教えないほうがいい。そのつもりで聞いてくれ」

いつになく深刻な主人の表情におみつは思わず息を呑む。そして、覚悟を決めてうなずいた。

「わかりました。死んでも他言はいたしません」

その返事を聞いて、光之助が言いにくそうに言った。

「ではまず、おまえの誤解を解いておこう。うちへの脅し文と嫌がらせだが、あれは大隅屋さんのせいでも綾太郎さんのせいでもない」

「それじゃ、桐屋のせいだとおっしゃるんですか」

光之助は温厚な人柄で、恨みを買うような人ではない。うっかり大きな声を出せば、「静かに」と主人にたしなめられた。

「そうだな、誰のせいかと言われれば……私の母のせいかもしれない」

さらに意外な名を挙げられて、おみつは目を丸くする。お比呂が亡くなったのは、もう八年も前のことだ。どうして今さらと思っていると光之助が天を仰いだ。

「私の親、桐屋の先代夫婦は駆け落ち者なんだ」

重大な秘密を打ち明けられてとっさに両手で口を押さえる。光之助は「それでいい」と言うようにうなずいた。

「小間物屋の紫屋があったところに、新年早々京の呉服問屋が江戸店を開くことになっている。今度のことは恐らくそこの主人の仕業だ」

「何でそんな……江戸店を出すってことは、立派な商人なんでしょう。そんな人がどうしてならず者のような真似をするんです」

「母がそこの――呉服問屋、井筒屋の娘だったからさ」

話が次々思いがけないほうに進み、おみつは目を白黒させる。お比呂の実家が京の呉服問屋で、今度江戸店を出すという。それがお玉への嫌がらせとどう関《かか》わってくるというのか。

そして、ふと余一の言葉を思い出した。

――前に、ばあ様が着ていたという結城を見せてもらったことがありやす。うまい具合に着馴れていて、袖口も傷んでいなかった。そのとき、ずいぶんきものに通じた人だと思いやした。

なるほど、呉服問屋の娘ならきものに通じているだろう。そういえば、佐野屋の隠居も「お比呂さんはいい育ちをしていた」と言っていた。いろんなことが一度に頭を駆け巡り、何が何だかわからなくなる。

その混乱ぶりがおかしかったのか、光之助が小さく笑った。

「説明の仕方が悪かったな。順を追って話をしよう」

井筒屋は京の呉服問屋の中でも由緒のある老舗《しにせ》だが、お比呂が娘の頃はすっかり傾いていたらしい。そこで当時の井筒屋の主人は、娘のお比呂を羽振りのいい豪商の妾《めかけ》に差し出そうとした。お比呂はそれを嫌がって、自分に思いを寄せていた手代《てだい》と駆け落ちしたという。

「井筒屋は関東を嫌っていたから、江戸まで逃げれば大丈夫だと両親は考えた。だが、何とか江戸に辿《たど》り着いても、頼れる人は誰もいない。行き倒れそうになったとき、助けてくれたのが浅草の紙問屋、天乃屋《あまのや》さんだ」

天乃屋も元は京の出で、裸一貫江戸に下って成り上がった人である。京から逃げてきたというお比呂たちを放っておけず、身の立つようにしてくれた。

「天乃屋さんは自分の檀那寺に話をつけ、二人を自分の遠縁ということにしてくれた。そして紙の商いを教え、店を始める元手も貸してくださったそうだ」

天乃屋さんに出会わなければ、おまえは生まれていなかった——光之助はお比呂からそう言い聞かされて育ったという。

「ただし、両親が駆け落ち者だと知ったのは、お耀と一緒になる前だ。人別を偽っていることが表沙汰《おもてざた》になれば、天乃屋さんにも累が及ぶ。母はそれを案じたんだろう」

けれど、光之助はたかをくくった。

何十年も前の話だし、今まで何もなかったではないか。そう言って不安がる母を説き伏せたそうだ。

「あれから十八年、実際何も起こらなかった。ところが結納のひと月前、大隅屋さんの口から井筒屋の名を聞かされた」

——京の呉服問屋、井筒屋が米沢町に江戸店を出すようです。

内心びくりとしたけれど、それでもさほど気にしなかった。両親はすでに亡くなっており、井筒屋だってとうに代替わりをしたはずだ。しかも江戸店を出すほど儲《もう》かっているなら、大昔の身内の恥など忘れたろうと思っていたのに。

「どうやって調べたものか、むこうはまんまと嗅《か》ぎつけた。そして、お玉を跡継ぎの嫁に欲しいと言ってきたのさ」

井筒屋の跡継ぎは愁介《しゅうすけ》といって、江戸店の主人になるという。その嫁に後藤屋の孫娘を迎えることができれば、江戸での商いがしやすくなると踏んだのだろう。無論、光之助は断った。

「おっかさんから井筒屋での暮らしを聞かされていたからね。第一、結納間際に破談にしたら、大隅屋さんに顔向けできない」

「その後、脅し文が来て……さらに嫌がらせが始まったんですね」

おみつが後を引き取ると、光之助が沈痛な面持ちでうなずいた。

そういう事情があったのなら、大隅屋には言えないはずだ。絡まりもつれた因果の糸におみつは途方に暮れてしまう。

井筒屋にしてみれば、お玉の嫁ぎ先が同業であることも面白くないのだろう。そこで、強引なやり方で祝言をやめさせようとした。

だからといって、井筒屋をお上に訴えることはできない。そんなことをすれば、「桐屋の先代夫婦は駆け落ち者だ」と表沙汰にされてしまう。そうなれば、桐屋ばかりか天乃屋だって無事ではすまない。また事情が事情だけに、後藤屋にもおいそれとは相談できない。

「血のつながりがこんなに厄介なものだったとは。恥ずかしながら、この年まで知らなかったよ」

「旦那様」

おみつが妾奉公を嫌って桐屋に来たことを光之助は知っている。それなのに、父親のために借金をしようとしたことも。

「嫌がらせがやんだのは、江戸で商売を始める前に刃傷沙汰《にんじょうざた》はまずいとむこうが思ったからだろう。年が明ければ、大隅屋さんとは商売敵だ。今度は綾太郎さんに災いが及ぶかもしれない」

綾太郎が亡くなれば、井筒屋は商売敵を蹴落として、お玉も手に入れられる。恐ろしすぎる推測に「いくら何でも」と言いかければ、光之助の目に鈍い光がよぎった。

「江戸で商いをする者にとって、後藤屋と縁を結ぶことは大きな意味を持つんだよ」

光之助はそのことを誰より実感しているのだろう。おみつは思わず身震いした。

脅し文や嫌がらせが綾太郎の女の仕業ではないと知ったら、きっとお玉は喜ぶはずだ。けれど、我が身に流れる血の因果も同時に知ることになってしまう。

そして、今度は綾太郎が危険な目に遭うかもしれないと知れば……祝言をやめると言い出しかねない。

「旦那様、あたしはどうしたら」

「これから先、どんなときも、何があっても、お玉のそばにいてやってくれ。私の頼みはただそれだけだ」

手を取らんばかりの主人を見て、下唇を嚙み締める。お金がいくらあったって孤独な心は癒《いや》されない。そのことはお嬢さんともどもよく知っている。

「お玉のことをよろしく頼む」

深く頭を下げられて、おみつも負けじと頭を下げた。

六

十二月十四日は朝から雪が降った。

前日の空模様からして降るだろうと思っていたが、やはり降られてしまったか。何度も空を見上げるおみつにお玉がからかうように言った。

「おみつがいくら空を見たって、雪はやんだりしないわよ」

「それくらいわかっています。でも、降り方次第で心構えが違いますから」

「雪が降ったっていいじゃないの。すぐに戻って来られる距離なんでしょ」

からかうように笑うお玉は純白の花嫁衣装を身にまとっている。こんな軽口が叩けるのなら、よほど落ち着いているのだろう。

おみつはほっと息を吐《つ》き、障子を閉めようとしたら、

「そのままにしておいて。外が見たいの」

言いつけに従って、障子を五寸（約十五センチ）ばかり開けておく。降り続く雪のせいで、庭の表面はうっすら白くなっている。雪の間からのぞく南天の赤が周囲の白に映えて美しい。

「ひと月前は、こんな穏やかな気持ちで祝言の日を迎えられるなんて思ってもみなかった。本当にありがとう」

静かに頭を下げられて、おみつは慌てて首を振る。今日は柄にもなく、紅藤色《べにふじ》（赤っぽい藤色）の絹小袖を身に着けていた。生地には縁起のいい紗綾形《さやがた》が織り込まれ、光の当たり具合でその文様が浮かび上がる。

本来、自分のような奉公人は絹のきものなど着られない。お玉の祝言のために特別に誂えてもらったのだ。

「お嬢さん、やめてくださいよ。あたしは奉公人ですよ」

「だから、何。あたしはおばあ様の二の舞はしないわ」

お比呂がお耀に頭を下げなかったことを言っているのだろう。おみつが苦笑すると、そっと両手を握られた。

「おみつは一生、あたしのそばにいてくれるのよね。あたしをひとりにはしないんでしょう」

真っ白な綿帽子の下から、不安そうな瞳《ひとみ》がのぞく。紅を引いたおちょぼ口がまるで庭の南天みたいだ。南天は「難を転ずる」として、縁起がいいとされている。

この先、お嬢さんの身に降りかかる難がことごとく転じますように。おみつは心の中で願い、お玉の手を握り返した。

「はい、死ぬまでおそばにおりますから」

じっと目を見て返事をすれば、お玉が花のように笑う。

それから小さく首をかしげた。

「何か欲しいものはないの。あたしにできることだったら」

「あたしの望みはお嬢さんのそばにいることです。欲しいものなんてありません」

「おみつってば、それぱっかり。あとで思いついても知らないわよ」

お玉は不満げに言って赤い唇を尖らせる。

せっかくだが、別に遠慮はしていない。自分の夢はお玉のおかげですでにかなっていた。

――ためしに袖を通してみてくれ。見落としがねぇか確かめたい。

花嫁衣装を受け取りに櫓長屋へ行ったとき、見事な出来栄えに目を奪われていたら余一がこともなげに言った。

三襲の打掛なんて生涯縁のない代物である。おみつはさんざんためらった末、余一の手を借りて打掛を着た。

御新造さんは十八年前、どんな気持ちでこの花嫁衣装を身に着けたのか。白、赤、黒と順に袖を通すうち、どんどん胸が高鳴っていく。

自分は一生奉公だから、花嫁衣装を着ることはありえないと思っていた。それでも花嫁行列を見れば、自ずと胸が波立った。

おっかさんが生きていれば、あたしだって人並みに嫁に行ったに違いない。玉の輿など望まない。豪華な道具も必要ない。好きな人と一緒になってその人の子を産むことができたら、どんなにかしあわせだったろう。

女として生まれていれば、誰しも思うことである。けれど、しあわせそうな花嫁にも見えない苦労があると知った。

——おめぇは親にこそ恵まれなかったが、奉公先と幼馴染みには恵まれたじゃねぇか。自分が不幸だなんて思うんじゃねぇぞ。

かつて余一に言われたことをもう一度自分に言い聞かせる。支度を終えると、余一は上から下までじっくり眺めた。

——ああ、きれいだ。

それは花嫁衣装のことで、自分に向けられた言葉じゃない。おみつは頬を真っ赤に染め、心の中で繰り返した。そして衣装を持って桐屋へ戻る道すがら、これで余一を諦められると流れる涙を袂《たもと》で拭《ふ》いた。

お玉のおかげで妾にならず、きれいな身体で恋ができた。しかも、その人に花嫁姿を見てもらうことができたのだ。これ以上望んだら罰が当たる。

だから、あたしの分までしあわせになって欲しい。

大事なお嬢さんと、お糸には。

そして、ふと閃《ひらめ》いた。

「そういえば、欲しいものがありました」

「あら、なあに」

「お嬢さんにしかできないものなんですけど、お願いしてもいいんですか」

「何よ、もったいぶって。早く言わないと出立の刻限になってしまうわ」

お玉に急《せ》かされ、おみつはことさらにっこり笑った。

「それじゃ、一日も早く赤ん坊を産んでください」

「何ですって」

「あたしは一生お嬢さんにお仕えしますから、自分の子は抱けません。その分、お嬢さんの子を一所懸命お世話させていただきます。もちろん、乳は出ませんので乳母《うば》はできませんけれど」

余計なひと言を付け加えたら、お玉は真っ赤になってしまった。

「ふ、ふざけないで。あたしは真面目《まじめ》に聞いているのよ」

「あたしだって大真面目です。お嬢さんが我が子をかわいがれなくても、あたしがちゃんとかわいがります。ですから、安心して産んでください」

自信たっぷりに言い返すと、お玉が口をぱくぱくさせる。佐野屋の隠居に言ったことを今さら蒸し返されるとは思っていなかったのだろう。

「……そのうちね」

さんざんためらった末、頬を染めたままお玉が呟く。おみつは笑顔でうなずいた。

年が明ければ、井筒屋の江戸店が開業する。手段を選ばない相手がこの先何を仕掛けてくるのか。思わず背筋を伸ばしたとき、雪に隠れるようにして水仙が咲いているのに気が付いた。

――水仙は雪中花ともいうんだぜ。

花嫁衣装の柄を指して余一に教えられたとき、おみつはつい聞いてしまった。他の花は暖かくならないと咲かないのに、どうして水仙は一番寒い時期に咲くのかしらと。

すると、余一はもっともらしい顔で言った。

――寒い間、花がまったく咲かなかったら殺風景じゃねぇか。水仙は寒い時期でも咲けるように、うんと強くできてんだろう。

なるほど、確かにそうだと心の中で相槌《あいづち》を打つ。

血のしがらみや宿命は生まれる前から決まっている。けれども、それに押しつぶされずに立派な花を咲かせる力も与えられているはずだ。神様はすべてを見通して采配《さいはい》をふっているのだから。

そのとき、本石町《ほんこく》の鐘が鳴った。

今日は十二月十四日、忠義の心が試された日だ。自分もこの命に代えて、お玉のことを守ってみせる。

「お嬢さん、出立の刻限です」

おみつは素早く立ち上がり、お玉に右手を差し出した。

付録　主な着物柄

三筋立《みすじだて》

細い縞《しま》三本を一組にして織った縦縞《たてじま》模様のこと。三筋竪とも書く。また、縦横三本ずつの縞で構成された格子を三筋格子《みすじごうし》という。

万寿菊

菊の花弁と葉を省略して、菊の花を饅頭《まんじゅう》のように一筆書きした文様で「饅頭菊」とも書く。中国において菊は、仙花といわれ、老化を防ぐ延命長寿の力があるとされていたため「万寿」と名付けられた。

業平菱《なりひらびし》

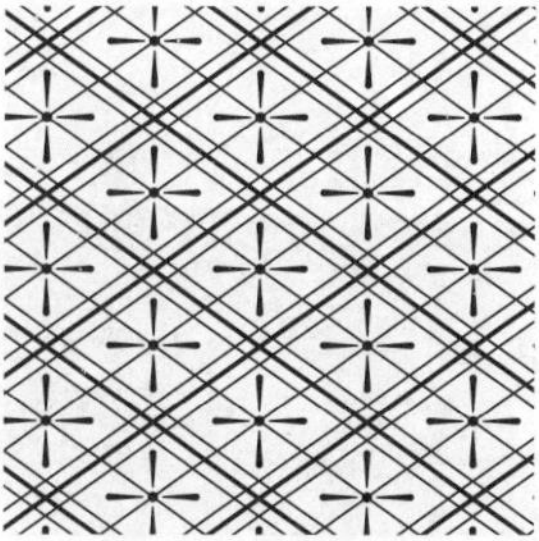

絵画に描かれた、在原業平の衣服に表されている文様を指し、業平格子ともいう。三重襷《みえだすき》に一重襷を組み合わせ、花弁状の柄を配したもの。源氏物語絵巻の衣服にも描かれている。

分銅繋《ぶんどうつな》ぎ

物の目方を計る分銅は、真ん中がくびれていて形が面白く縁起もよいものとして、たから尽くしの一つにも数えられるなど文様として好まれた。これを重ねた文様が分銅繋ぎと呼ばれた。

仲蔵縞《なかぞうじま》

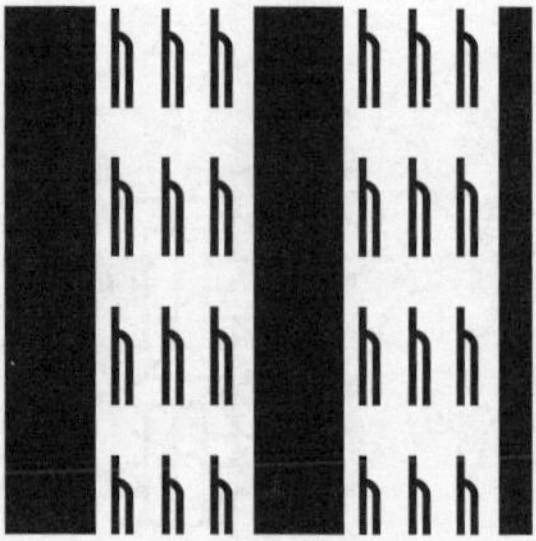

人の字形を三列並べて間に太い縞を配置した。江戸時代の天明のころの歌舞伎役者・中村仲蔵にちなんだ文様。

あられ

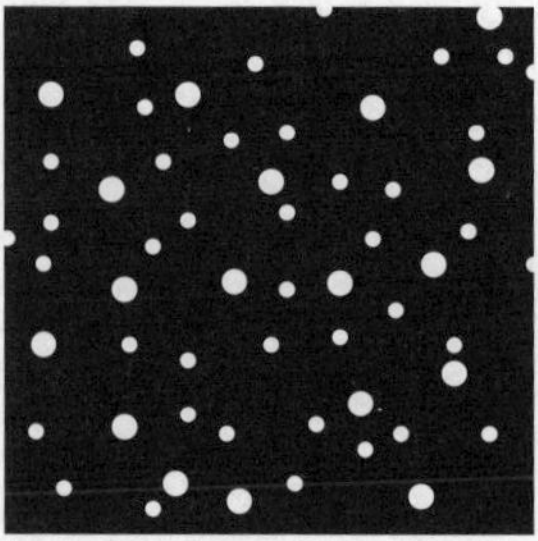

降る霰《あられ》を図案化したもの。点が配置された柄。

幸菱《さいわいびし》

四つ花菱四個を組み合わせて繁文《しげもん》としたもの。幸菱は武家の呼称で、公家では先間菱《せんげんびし》という。先間《さきあい》菱《びし》とも呼ぶことから、武家では縁起を担いで幸菱とした。

網代《あじろ》

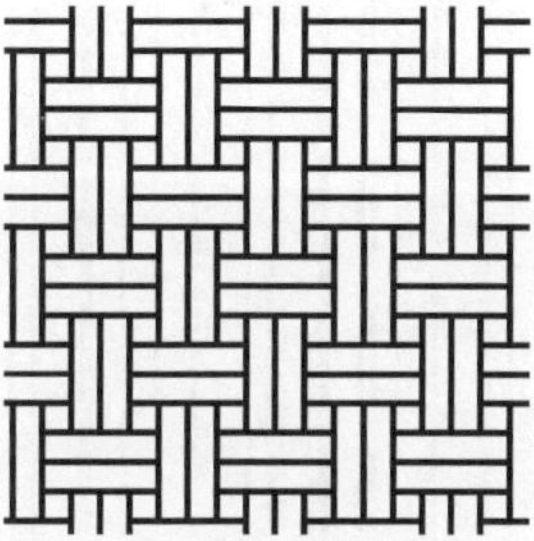

竹や木などを編んで網の代わりとして用いていた、網代を文様化したもの。

竹縞

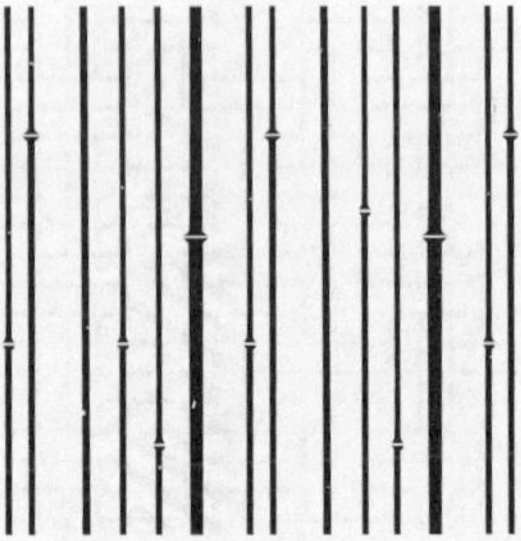

竹を模した縞模様で、断続させた細かい縦縞の上下を竹の節のようにふくらませたもの。主に江戸小紋などの小紋型で表現される。

花《はな》亀《きっ》甲《こう》

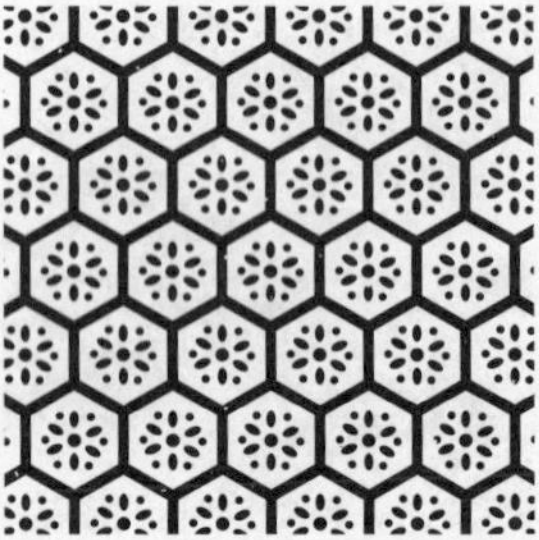

亀甲文様とは正六角形の繋ぎ文様で、亀の甲羅に見立てて名がつけられた。亀甲文様に花をあしらったもの。

檜《ひ》扇《おうぎ》

檜《ひのき》の薄板の上部を絹糸でとじた扇で、平安時代の貴族が装身具として用いたもの。美しい彩色で絵を描き、飾り結びとして長い紐《ひも》と房に動きをつけて、典雅な文様として表される。

紗《さ》綾《や》形《がた》

卍《まんじ》をくずし組み合わせた文様で、平織り地に四枚綾で文様を織った絹織物の紗綾からこの名がついた。

本書は時代小説文庫（ハルキ文庫）の書き下ろし作品です。

時代小説文庫
な10-3

夢《ゆめ》かさね 着物《きもの》始《し》末暦《まつごよみ》㊂

著者 中《なか》島《じま》 要《かなめ》

2014年2月18日第一刷発行
2015年2月8日第五刷発行

発行者 角川春樹

発行所 株式会社 角川春樹事務所
〒102-0074 東京都千代田区九段南2-1-30 イタリア文化会館

電話 03(3263)5247[編集] 03(3263)5881[営業]

印刷・製本 中央精版印刷株式会社

フォーマット・デザイン&シンボルマーク 芦澤泰偉

ISBN978-4-7584-3806-3 C0193

http://www.kadokawaharuki.co.jp/[営業]
fanmail@kadokawaharuki.co.jp[編集] ご意見・ご感想をお寄せください。